漱石、シェイクスピアに挑む

—〝物凄い〟文学の手際

佐々木英昭

幻冬舎ルネッサンス新書

257

はじめに

漱石をもっと面白く読むために

漱石（本名夏目金之助。一八六七〜一九一六）は読みつくされた。漱石論は出つくした。この上、何を言っても「屋上屋《おくじょうおく》を架す」ことにしかならない、と高《たか》をくくる人もいるだろう。しかしながら、それは日本語という閉ざされた世界から外に出ることのない学者たちに誘導され押しこめられた、ありもしない袋小路なのではないだろうか。今や『文学論』の英訳が出て、その訳者の一人によってこんなことが言われている時代である。

> 今日『文学論』を読む学者たちは、そこにフォルマリズム〔形式主義〕、構造主義、読者受容理論、認知科学、そしてポストコロニアリズム〔後＝植民地主義〕といった文学理論の、後代における発展の伏線を見るだろう。『文学論』は興味をそそると同時にもどかしい思いをさせるが、それはこの著作がこれら後代の諸学派のすべてに

似ているように見えながら、またどれにも似ていないようでもあるからだ。一九〇七年にはまだそれを表す用語のなかった思想や概念をどう表現するかに、漱石は苦闘していたのだ。（Michael K. Bourdaghs, "Introduction", *Natsume Sōseki, Theory of Literature and Other Critical Writings*; edited by Michael K. Bourdaghs, Atsuko Ueda, Joseph A. Murphy, Columbia University Press, 2010, p.3. 以下、外国語文献からの引用は、訳者を注記しない限りすべて引用者による訳出）

この『文学論』（東京帝国大学で一九〇三年九月から〇五年六月まで講述され、〇七年に書籍化された）をも読みこむ学者であれば、そこから「英語」という日本語外の世界に入っていかざるをえず、その結果、同書で最も多量の英文を引用・吟味されている作家、ウィリアム・シェイクスピア（一五六四〜一六一六）に向き合うことを余儀なくされる。

実のところ、作家漱石にもし師匠があったとするなら、この男以外にないと言っていいくらいだ。この文豪に漱石がどう食《くら》いついたかに多少の探りを入れ、しかるのちに漱石作品を読み直すならば、その人は、これまで日本語しか読まない学者によっては教えられることのなかった、まったく新しい漱石の面白さを発見するはずなのである。

この本は、そのような新しい面白さに出会いたい人のために書かれている。それに出会うには、両文豪の多方面にわたる関わりについて、多少とも学問的な探究に付き合っていただく必要があるにはあるけれど、だからといって、本書は専門的な知識を前提とするわけではない。もちろん英語の知識も必要ない。調査・考察を楽しむことを通して、漱石の新しい面白さへの入門になればと、また専門家ではないので少々おこがましいことながら、漱石という橋を渡った先にシェイクスピアの世界に入りこむ門もまた開かれることになればと、心して書いたつもりである。

どうすれば、そんな器用な書き方ができるのか。その問いに一言で答えるのは難しいが、とりあえず、漱石その人が『文学評論』（一九〇五～七年講述、一〇年刊行）の「序言」で推奨している「批評的鑑賞（critico-appreciative）」の態度によるのだと申し上げておく。すなわち、ある作品について「面白いです」と述べるのは「鑑賞的態度」だが、その「面白いといふ感じ」について「どうして」と突っ込まれた場合に、その根拠となる「事実」をもって「科学的」に応答するのが「批評的態度」だと漱石は説いている。そして、この二つの態度を葉の両面のように表裏一体とするのが「批評的鑑賞」なのだ。

そこで例に挙げられるのが『ハムレット』（推定執筆年　一六〇〇年）であることも、両文豪の浅からぬ縁《えにし》を証し出す例の一つで、この傑作の「批評的鑑賞」には実際、本書第二章以降でお付き合いいただくことになる。ともかく『ハムレット』にとどまらないシェイクスピア劇の多くについて、「面白いといふ感じ」はどのような「事実」にもとづいて発生しているのかを、根底的に見きわめようとした漱石の読みの跡を、私たちも可能なかぎり追ってみよう。その過程で発見した「事実」をもって漱石文学を見直せば、それがもっと面白くなることは請け合いなのだ。

〝シェイクスピアを読む漱石〟を私たちが読む。これを基軸とする本書の方法についてもう少し具体的に言うなら、『文学論』とその草稿の意味をもった『ノート』――ロンドン留学中から帰国後にかけて書き溜められた「蠅の頭といふより外《ほか》に形容のしやうのない」（『道草』五十五）文字からなる草稿の集積――、唯一出版されたシェイクスピア講義録である『「オセロ」評釈』とそれ以降の「断片」類、そして所蔵していたシェイクスピア全集等への書き込みなど、これまでの研究者がほとんど手をつけてこなかったテクストを参照しながら、漱石とシェイクスピアを読み直すのである。

そうしたテクストには英語や文語体のカタカナ表記も混じり、難読な箇所も出てくるが、それらに付き合うのは漱石の世界へ入り込もうとする以上、避けられないことである。漱石その人が難しいことを考える学者であったことに間違いはないのだから。英語を出さざるをえない場合には〔　　〕内に訳語や解説を添えるなどして、誰でも読める平明な文章で進めていくが、もしあまりに読みづらく入りこめないという部分に遭遇された読者は、適宜飛ばして先へ進まれても、さっぱり訳がわからなくなるというようなことはないと思う。

なお、漱石やシェイクスピア、またその同時代人の文章には、今日の人権意識から見て不適切な表現の含まれている場合もままあるが、それらを引用する場合、時代に合わせて改竄《かいざん》することはあえてしていない。原著者への、また学問そのものへの敬意による「事実」の尊重としてご了解いただければと思う。

漱石、シェイクスピアに挑む――〝物凄い〟文学の手際

目次

序章　ぎょっとするオセロ・マジック

黒い光が物凄く照らす

「物凄い」を『日本国語大辞典』（小学館、二〇〇六）で引くと、まず「ひじょうにおそろしい。ひじょうに気味が悪い」とあって、ついで「程度がはげしい。はなはだしい」という第二義が与えられている。現代では後者が幅を利かせて、第一義はすっかりかすんでしまった気配だが、漱石の書いたものに出てくる場合は、まず第一義においてだと思ってよい。

　さて、一九〇六（明治三九）年といえば、連載二年目に入った『吾輩は猫である』に加えて四月に『坊っちゃん』、九月に『草枕』が出ていよいよ「市井の匹夫と雖《いえど》も、夏目漱石の名を知らざるものなく、彼が文名は漸《ようや》く一世を圧せんと」していた年だが（深山巌雄「小説界の異才夏目漱石」『ハガキ文学』一九〇七年三月）、その年頭の『帝国文学』に発表された短編小説「趣味の遺伝」にこんな文章がある。

> 廃寺に一夜をあかした時、庭前の一本杉の下でカツポレを踊るものがあつたら此《この》カツポレは非常に物凄からう。是《これ》も一種の諷語であるからだ。マクベスの門番は山寺のカツポ

レと全然同格である。[※1]

（二）

「諷語」とか「マクベス」云々の説明は後回しにして、「物凄い」の用例をもう少し挙げると、後期の小説『行人』（一九一二～三年）の直《なほ》が嵐の夜、やむをえず義弟の二郎と同室した和歌山の宿で「海嘯《つなみ》」に言及して「妾《あたし》そんな物凄い所が見たいんですもの」と口にする（兄 三十七）。さらに次作『こころ』（一九一四年）の「下 先生と遺書」では、親友Kの自殺を発見した時、「もう取り返しが付かないといふ黒い光が私の未来を貫いて、一瞬間に私の前に横《よこた》はる全生涯を物凄く照らしました」（四十八）という、まさに「そんな物凄い所」が「先生」の視界をおおう。

先生の経験した「物凄い所」としては、この時の「黒い光」の光景が最強度のものであったのだろうが、ところで、それに類した衝撃や驚愕にならら、彼は実はそれ以前にも以後にも、たびたび直面している。

※1　以下、漱石の文章の引用はすべて『漱石全集』（岩波書店、一九九三～七年）による。傍点は原則として引用者によるもので、原文通りの場合のみ注記する。〔　〕内は引用者による翻訳・解説などで、原文にないふりがなを補う場合もある。

たとえばKの自殺から数か月後、生前のKと争うような形になっていた「御嬢さん」とめでたく結婚した直後。「私」こと先生は当然のごとくに「幸福だつた」けれども、他方で「私の幸福には黒い影が随《つ》いて」いて、「此幸福が最後に私を悲しい運命に連《つ》れて行く導火線ではなからうか」といった疑懼《ぎく》にもとらわれている。そこへ新妻が「二人でKの墓参りをしやう」と言いだす。

私は意味もなく唯《たゞ》ぎよつとしました。何《ど》うしてそんな事を急に思ひ立つたのかと聞きました。妻《さい》は二人揃つて御参りをしたら、Kが嘸《さぞ》喜こぶだらうと云ふのです。私は何事も知らない妻の顔をしけじけ眺めてゐましたが、妻から何故そんな顔をするのかと問はれて始めて気が付きました。〔中略〕
其《その》時妻はKの墓を撫でゝ見て立派だと評してゐました。其墓は大したものではないのですけれども、私が自分で石屋へ行つて見立《みたて》たりした因縁があるので、妻はとくに左右《さう》云ひたかつたのでせう。私は其新らしい墓と、新らしい私の妻と、それから地面の下に埋められたKの新らしい白骨とを思ひ比べて、運命の冷罵を感ぜずにはゐられなかつたのです。私はそれ以後決して妻と一所にKの墓参りをしない事にしました。（下　五十一）

この部分（原文では三段落に及ぶ）全体を支配する焦点的なイメージがKの墓という物体にあるとすると、この同じ物体がまるで異なる色調で二人の目を捉えていることに、「面白いといふ感じ」を受ける読者もいることだろう。

何が「面白い」のかといえば、先生がそこに例の「黒い光」と「黒い影」の再現を見ている一方で、「上 先生と私」であらかじめ「白」と結びつけられてもいる妻――夫婦で使うテーブル・クロスについて、先生は「白ければ純白でなくつちゃ」と「白」にこだわる（三十二）――は穢れのない純白のものであるかのようにそれを見守る、という皮肉《アイロニー》に出合うからである。

あるいは、この見え方の「黒／白」の背反それ自体が、廃寺の夜明けに一本杉の下でカツポレを踊るのにも似て物凄い。それ自体が、皮肉抜きでも「面白い」のである。「二人でKの墓参りをしやう」と言われただけで先生が「意味もなく唯ぎよつとする」のは、その時点でこの光景を、心のどこかですでに予見していたからではないのか？

黒白の変化を同一物の上に起こす

ともかく、『こころ』の先生が「ぎよつとする」理由はほかにないのだ。Kの墓という同一物についての、この「黒／白」二様の見え方、あるいはそれに似た「物凄い」光景を、漠とであれ予見したこと以外には。ちなみに「趣味の遺伝」で言われていた「物凄かろう」もまた、物事の「黒／白」二面性の発見によって発生する感覚なのであって、そのつながりは、この短編小説と同じ月に発表された『吾輩は猫である』第七回で、「吾輩」と称する猫が明かしてくれている。

いわく、「運動をする」ことは、昔は「下等」と見なされたにもかかわらず、今はもてはやされている。ことほどさように「吾人の評価は吾輩の目玉の変化の如く変化する」。これが人間の「品隲《ひんしつ》〔品定め〕」になると、猫の目玉どころの話でなく「真逆かさまにひつくり返る」ことさえあるけれども、「ひつくり返つても差し支《つかえ》はない」のだ、と猫は説く。

物には両面がある、両端がある。両端を叩いて黒白の変化を同一物の上に起す所が人間の融通のきく所である。方寸を逆かさまにして見ると寸方となる所に愛嬌がある。天の橋立を股倉から覗いて見ると又格別な趣が出る。セクスピヤも千古万古セクスピヤではつまらない。偶《たま》には股倉からハムレットを見て、君こりや駄目だよ位に云ふ者がないと、文界も進歩しないだらう。

（傍点は「方寸」「寸方」のみ原文どおり）

後半の「セクスピヤも」云々はよく引かれてきた文だが[※2]、ここでは、それが「人間の品隲」を含め、あらゆる物事には「両面がある」とする説法の延長上に出てきていることに注意しよう。つまり猫がシェイクスピアを引き合いに出したのは、「真逆かさまにひっくり返る」ような「黒白の変化を同一物の上に起す」という、まるでオセロ・ゲームのような「融通」が人間にはきく。そのことを高く（あるいは皮肉に）評価する文脈においてのことなのだ。

「物には両面がある」という洞察は、漱石が直々、「木曜会」（漱石宅で開かれていたサロンで、面会希望者が増えすぎたため、『猫』連載終了後の一九〇六年十月から木曜に限定された）で門弟たちに説いたところでもあった。うろおぼえながら、森田草平はこう祖述している。

※2　その最新のものに芦津かおり『股倉からみる『ハムレット』シェイクスピアと日本人』（京都大学学術出版会、二〇二〇）があり、同書では漱石を含む多くの作家によるこの種の「股のぞき」が探求されている。

物には必ずその反面がある。一つの物でもその人の立場に依つては多種多様に見える。
その一面にばかり拘泥して、これが真理だと他を排撃してはならない。

（『漱石先生と私』※3 上巻〔東西出版社、一九四七〕三九三～四頁）

一つの黒いものも「その人の立場に依つては」白くも見え、「立場」が逆転すれば、「黒／白」が「真逆かさまにひつくり返る」こともある。ＳＦ的な仮想を言わせてもらえば、漱石がもしオセロ・ゲームを知っていたら、比喩に持ち出したのではないかとも思わせる。この哲学を漱石が自ら温めていたことは明らかだし、漱石文学のところどころにそれが顔を出すことも、愛読者なら先刻ご承知だろう。

さて、右に引いた猫の説法は、まさにそれを文学の内容として記述していたわけだが、本書がまず明らかにしたいのは、内容よりむしろ方法としてひそんでいる、この「黒白」の反転または矛盾的並立という、オセロ・ゲーム的な仕掛けについてである。そのような

※3　この本は『続夏目漱石』（甲鳥書林、一九四三）の改版であり、のちに後掲の『夏目漱石』（28頁）との合本として講談社学術文庫版『夏目漱石』（（一）～（三）、一九七〇）が編集・刊行される。

仕掛け、というか文学技法全般を漱石はしばしば「手際」と呼んだが、その「手際」がどこから学ばれて、どのようにわがものとされたかを問題にする場合、無視できない作家の筆頭に挙がるのが、このゲームの名の由来となった悲劇『オセロー』（推定執筆年一六〇三〜四年）を書きもし、「趣味の遺伝」では『マクベス』（同一六〇六年）が言及を受けたばかりでなく、「先生は常に『ハムレット見た様な傑作を書くんだ』と口癖の様に云つて居られた」との証言（野間眞綱「追想」、『思想』一九三五年一一月）さえあるところの、シェイクスピアにほかならない。

　この文豪に漱石を対峙させたほぼ唯一の先行研究『漱石のシェイクスピア』（朝日出版社、一九七四）で、野谷士《あきら》は「課題とすべきは漱石の精神形成に及ぼしたシェイクスピアの影響」であって「漱石が、劇作家シェイクスピアから技巧的に大きな影響を受けたと言うことは出来ない」としているが（三九頁）、実はこの「黒／白」も「ひつくり返」さなければならない。

　大学予備門（現在の大学一・二年次に相当）時代、友人の中村是公《よしこと》（「ぜこう」と呼びならわす）が買ってくれた『ハムレット』を読んでみたが「些《ちつ》とも分らなかつた」（『永日小品』「変化」）という回想があるとはいえ、文科大学に進んでは「図抜けた偉物」（関荘一郎「『道草』のモデルと語る記」、一九一七）と畏怖された漱石のこと、[※4]いつか深入りが進み、シェイクスピアは主要な研究対象となっていく。

熊本の第五高等学校時代は始業前の無償の講読を買って出るほどだったし、そこから渡航したロンドンでの二年の、少なくとも前半の研鑽はシェイクスピア学者、W・J・クレイグの家に毎週通って個人授業を受けることを主軸としていた。一九〇三年の帰国後まもなく着任した東京帝大では、九月から〇七年三月の辞職までシェイクスピア講読が継続されたが、唯一出版された講義録である『「オセロ」評釈』を読みこめば、「シェイクスピアの影響」が「精神形成」云々より「技巧的」な側面に多くあったことはおのずと明らかになる。

出版物として残された講義録が『オセロー』のみであったことには、偶然的要因ばかりで片づけられない、なにがしかの縁があったのだろうか。五高で早朝講義を受講した、のちの物理学者で『猫』の「寒月君」のモデルといわれる寺田寅彦は、漱石追悼にあたってこんな短歌を詠んでいる。

※4　詳細は漱石詳伝として最新のものである拙著『夏目漱石　人間は電車ぢやありませんから』（ミネルヴァ書房、二〇一六）を参照されたい。

春寒き午前七時の課外講義オセロを読みしその頃の君
（『寺田寅彦全集』（岩波書店、一九九七）第十一巻、四六八頁）

ともあれ、東京帝大でのシェイクスピア連続講義は盛況ぶりが伝えられており、皮切りとなった『マクベス』は「出席者廿番教室に充溢」し、十二月には「二人の西洋婦人参観に来る」[※5]という光栄に浴してもいた。『マクベス』と『オセロー』はともに「四大悲劇」に数えられてきた傑作で（他の二作は『ハムレット』『リア王』）、どちらも、「黒白の変化を同一物の上に起す」、オセロ・マジックとさえ呼びたい「手際」を数多くひそませている。

そのような「手際」の好例が、本章冒頭に引用した「趣味の遺伝」で「山寺のカッポレ」の出てくる前にかなり長く解説されている『マクベス』の門番の長広舌なのである。この部分はのちに『文学論』の一部をなす講義のおさらいのようでもあって（その内容は

※5　金子三郎編著『記録　東京帝大一学生の聴講ノート』（リーブ企画、二〇〇二）に「付記」として収録された金子健二の日記による。

第二章で詳論する）、小説としてはいささか長々しく読みにくいが、ともかく「廃寺に一夜をあかした」直後に「庭前の一本杉の下でカツポレを踊るもの」を見る場合の「物凄い」感じは、「マクベスの門番」と「同格」の「諷語」だという議論になっていく。この「諷語」は、そのすぐ前でこう解説されている。

> 諷語は表裏二面の意義を有して居る。先生を馬鹿の別号に用ひ、大将を匹夫の渾名《あだな》に使ふのは誰も心得て居やう。此筆法で行くと人に謙遜するのは益《ますます》人を愚にした待遇法で、他を称揚するのは熾《さかん》に他を罵倒した事になる。表面の意味が強ければ強い程、裏側の含蓄も漸く深くなる。

「此心理を一歩開拓して考へて見る」と、「滑稽の裏には真面目」が、「大笑の奥には熱涙」が、「雑談《じょうだん》の底には啾々《しゅうしゅう》たる鬼哭」がひそんでいる。だから『マクベス』の門番の駄弁の滑稽さにも、その直前に与えられて観客の意識にまだ残留している殺人の凄絶さが付随していて、その矛盾的併存が「山寺のカツポレ」と同質の物凄さをかもしだすというのである。

文学理論としての「則天去私」

ところで、「物には両面がある」という認識は、そのいずれか片方の「面」にへばりついている人間には得られないものである。空間的比喩で語れば、「両面」をともに見渡せる上空に浮揚することが条件になる。右に引いた『こころ』（下 五十一）の先生は「運命の冷罵」を感じて暗然としていたが、漱石の作品でこの「運命」あるいは「神」「天」「自然」などの概念が、「冷罵」などする多少とも擬人化された超越的存在として導入される場合には、語り手の意識もそれらに付着して上空から「両面」を眺めやるという構造が発生することになる。

　このような意味での上空浮遊の感覚というか、その「手際」にシェイクスピアから吸収した部分があるのかもまた、にわかに決められない微妙なところではあるのだが、ともかく一九〇七年春、ついに大学を辞して朝日新聞社員となった漱石の連載小説第一作『虞美人草』は、作者が中空にいてヒロインを生かすも殺すも俺の一存――小宮豊隆宛書簡で表明（第七章参照）――という姿勢で取り組まれた、『アントニーとクレオパトラ』（推定執筆年 一六〇七年）を明白な下敷きとする小説であった。これに類した作品はその後は書かれず、シェイクスピアへの直接的な言及も減るが、折にふれて書き残された「断片」類を検討すれば、この文豪がつねに作家漱石の頭脳の一角を占めていたことが、いよいよ明らかになる。

そして忘れてならないのは、『明暗』（一九一六〔大正五〕年）未完のまま死を迎えるほんの一、二か月前のこと、のちに漱石の代名詞とさえなる標語、あの「則天去私」を説いた際に、これを実現しえているほぼ唯一の作家としてシェイクスピアの名を挙げたという事実である。この「則天去私」が初めて漱石の口をついて出たのは例の木曜会でのことで、後年、一部の弟子によってその倫理的・宗教的な解釈が喧伝されて漱石神話の一つとなった次第だが、古参の弟子の一人である森田草平によれば、その第一義はあくまで文学上の議論に限定されていた。

すなわち漱石いわく、「ゴッドのネーチュア〔神の自然〕」の域まで来ているトルストイも「まだ神になり切れない」でいるが、それは「作中の人物が人物自らの意志によつて動かないで、作者の意志によつて無理に動かされてゐる所がある」から。これがシェイクスピアの場合は「毫も『私』を出さない、作中の人物は人物自らの意志によつて、神の摂理に従つて動いてゐる」と。「則天去私」はこのような文学手法を指す標語として出てきたもので、自分もそのように「書きあらはしたいと、折に触れて云つてゐられた」と森田は確かな口調で伝えている（『夏目漱石』〔甲鳥書林、一九四二〕九頁）。

「シェイクスピアは特定の人物の肩をもったり、特定の主張を支持したりすることを、徹底的に避けているという事実」を力説してやまないのは、シェイクスピア劇の長年の研究者、喜志哲雄である。「どれほどの悪人でも全面的に否定したりはしないし、どれほどの善人でも全面的に肯定したりはしない」と（『シェイクスピアのたくらみ』〔岩波書店、二〇〇八〕四頁）。「則天去私」の体現者としてシェイクスピアの名を挙げた際の漱石の意識にあったのもこれに近い認識であったことが、森田の言葉からは伝わる。

さて、「折に触れて云つてゐられた」という時期がいつごろからのことなのかは不明だが、この口ぶりからすると、それは『明暗』を書くころに降って湧いたもののようには受け取れない。この意味での「則天去私」なら自分は二年前の『こころ』ですでに実現しているという自負を、実は漱石はもっていたのではないだろうか。というのも、少なくとも漱石のいう「結構」（その概念は第五章に詳述する）を軸に考えた場合、シェイクスピア劇が影を落とす作品としては『虞美人草』以降では『こころ』を挙げるほかなく、『明暗』もその前の『道草』（一九一五年）も後景に退くほかないからである。

『こころ（下）』の予告編としての役割を負う「上　先生と私」の若い「私」は、「先生は美しい恋愛の裏に、恐ろしい悲劇を持つてゐた」として、さらに続く五行のうちに同じ語を四度も繰り返して「悲劇」を予告している（十二）。まさにその「悲劇」の展開となる「下」には、すでにふれた「黒／白」両面の並立に「ぎよつとする」、物凄い場面にいくどか出会うほか、多岐にわたる劇的な技巧が認められるが、その多くにシェイクスピアの世界に通ずるものを探知することができるのだ。

さらに踏み込んで言えば、「悲劇」の誘因となったように見える人物を咎めることもなく、「私は私の過去を善悪ともに他の参考に供する積です」（五十六）と閉じられる「先生」の私語りは、それこそトルストイにこびりつく、「悪人」を懲らしめ「善人」に報いる類の「私」をすでに離脱している。つまり、語られる「先生」自身を含む諸人物を「神」的な公平さで上空から眺めるのに近い趣があって、それはシェイクスピア劇の大きさに包まれる感じに近似している。

こうした通有性は、漱石がシェイクスピアから学びとった結果なのか、それとももともと漱石自身の資質としてあったものがシェイクスピアの作風に似ていったのか。答えはそれこそ「両面がある」ということになるはずで、厳密な線引きは不可能だろう。ただ、学びの形跡を明らかにしていくに足るだけの資料を、幸いにも漱石は残してくれている。それらに光を当てていくことが第一章以下の仕事となる。

第一章　沙翁の筆端神《しん》あるを知れり

——『リチャード三世』『ジュリアス・シーザー』

心をかきむしる「悪人」シェイクスピア

「どれほどの悪人でも全面的に否定したりはしないし、どれほどの善人でも全面的に肯定したりはしない」という喜志哲雄のシェイクスピア観をひっくり返してみれば、どんな人物にも「両面」があって、「黒＝悪」と見えても背後に「善＝白」を隠し持っている、という人間観が出てくる。

早い話、たまには「股倉から」見て「君こりゃ駄目だよ」ぐらい言ってみろと猫が注文をつけた、その『ハムレット』の主人公は、「そもそも客観的な善悪などない、主観が善悪を作るんだ[※6]」（there is nothing good or bad, but thinking makes it so——第二幕第二場）と言い放っている。なにごとも「主観」（thinking）次第、「股倉から」覗けば「善」が「悪」に、「悪」が「善」にもなる。だから主人公で善人であるはずのハムレットは、「俺たちはみんな悪党だ」（We are arrant knaves, all——第三幕第一場）と豪語して平気である。

ところで、この『ハムレット』に言及するにあたって「私が本を読んで、心を一番かき

※6　松岡和子訳（シェイクスピア全集1『ハムレット』、ちくま文庫）。以下、シェイクスピア作品からの引用は原則として同文庫の松岡訳により、原則を外れる場合のみ注記する。

むしられるのはシェイクスピアだ」と書いたフリードリッヒ・ニーチェ（『この人を見よ』「なぜ私はこんなに利口なのか？」4、一八八八〔丘沢静也訳、光文社文庫〕）は、その十年前にはこうも書いていた。

　多分彼の気質からして多くの情熱にきわめて近しい交渉をもっていたであろう（劇作家は一般にかなり悪人である）。しかし彼は、モンテーニュのように、それについて語ることはできずに、情念に関するもろもろの考察を情念につかれた人物の口に託した。
（『人間的、あまりに人間的』一八七八、第四章一七六節、池尾健一訳、ちくま学芸文庫）

「かなり悪人」であったに違いないシェイクスピアは、そのもて余す「悪」をモンテーニュのように直截に語るのではなく、「情念につかれた人物の口に託す」形で表現した。だから観客は舞台上の同一人物に「善／悪」両面を同時に見守ることにもなる。シェイクスピアが創造した、ハムレットをはじめとするその種の「悪人」にニーチェは「心をかきむしられた」というのだが、さて、このシェイクスピア観は漱石にもそのまま当てはまるのだろうか。

「ハムレット見た様な傑作を書くんだ」を口癖とし、かつ英訳『ツァラトゥストラ』に『漱石全集』で総計一六頁にもわたる詳細な感想・批評を書きこんでいる漱石のこと、この見方でもニーチェとは波調が合っていたのか。そのあたりも追い追い明らかになるはずだが、まずは、シェイクスピア各作品の漱石所蔵本への書き込みの多量さにふれておこう。

　余白に書き込んだり、紙片を挿んだりして入れられた文章は、すべての所蔵本への書き込みを集めた『漱石全集』第二十七巻全体の七分の一（六〇頁以上）を占める分量に上る。それらの書き込みを作品別に集計して点数の多い順に並べてみると、『ハムレット』がやはり筆頭で九三点。これに六〇点の『マクベス』（版の違う二冊にそれぞれ書き込みがあり、その合計）、三八点の『ヘンリー四世 第一部』（これも二冊の合計）、三〇点の『リチャード三世』が続くという展開になる。以下、『リチャード二世』（二七点）、『ヘンリー四世 第二部』（一八点）、『空騒ぎ』（一五点）、『コリオレイナス』（一三点）、『尺には尺を』（七点）、『冬物語』（五点）、『オセロー』（四点）、『ジュリアス・シーザー』（二点）、『ウィンザーの陽気な女房たち』（一点）と続く。

　このうち『ハムレット』と『マクベス』は講義準備用らしいメモ書きが多く並ぶのだが、この二つと『オセロー』以外は『文学論』への引用はあっても教室での講読はなされた記録がないので、書き込みの多さは漱石自身の感動や研究意欲の強度を示すものと見てよさそうだ。

『リチャード三世』第一幕への絶讃

　それらのうち、書き込みの内容において漱石自身が「心をかきむしられた」跡を最も顕著に示すのが『リチャード三世』（推定執筆年　一五九二～三）である。「悲劇」への分類も可能と思われる初期シェイクスピアのこの傑作は、当代の女王エリザベス一世もその血統に連なるランカスター家と、これに敵対するヨーク家との間に繰り広げられた「薔薇戦争」（一四五五～八五年）を扱う一連の歴史劇の一つ。ヨーク家の悪辣なる王弟グロスター公リチャードが王位を簒奪《さんだつ》してリチャード三世となるも、やがて戦場に斃《たお》れてテューダー朝が成立するまでの約二年の経緯を凝縮した戯曲で、上演例も多く、映画化・テレビドラマ化もなされてきた。

　ヨーク家出身のこの王が「悪」とされ、その滅びに至るまでが描かれたのは、ランカスター家側を「善」とする偏った史観によっているに違いないとはいえ、近年発掘されたリチャードの遺骨は伝説どおりに背骨が屈曲しており、醜貌と見られたことも事実ではあるらしい。このリチャードが「どうせ醜い俺だ」と自ら「悪党」に徹して王座を奪う決意を披露する長い独白で、劇は幕を開ける。そのごく一部を抜き出しておこう。

俺ときたら――このお粗末な姿かたち。すまし返った浮気女の前を
見得を切って歩く色男の自信もない――
この俺は――美しい均整を奪い取られ、
不実な自然の女神のぺてんにかかり、
不細工にゆがみ、出来損ないのまま
月足らずでこの世に送り出された。
〔中略〕
口先で奇麗事を言う今の世の中、
どうせ二枚目は無理だとなれば、
思いきって悪党になり
この世のあだな楽しみの一切を憎んでやる。

漱石の所蔵本では、この長広舌全体の横に線が引かれ、その上の部分に「formulae〔公式〕」と書きこまれている。実はこの長い科白は『文学論』第二編「文学的内容の数量的変化」で「除去法」の例として引用されるものであるから、この書き込みは「除去法の公式」を意味するメモ書きの一つと推定される。

かゝる美人を黒奴に殺さしむること能はず

では、この「除去法」とは何か。その説明のために『文学論』が持ち出すもう一つのシエイクスピア作品が『オセロー』である。

いわく、十九世紀初頭のフランスで『オセロー』を上演した際、「女房殺しの場に差しかゝりて突然聴衆の中より『かゝる美人を黒奴に殺さしむること能はず』と叫びながら短銃もて主人公を目掛けて狙撃したるもの」があったが（この狙撃者は「兵士」であったと森田草平宛書簡〔一九〇六・九・三〇〕にある）、普通そういうことは起こらない。それは、観劇や読書は「直接経験」ではなく「間接経験」として受けとめられるために、前者の場合から一定量の感情が除去されるからで、それでこそ「面白き快感」をもっての鑑賞が成り立つのだ。

あの『リチャード三世』冒頭の長広舌で不快や恐怖を「賞嘆」の念がしのいでしまうのも、その種の除去、すなわち「自己関係の抽出」が働いてひとごと化しているからにほかならない。もし読者の目の前に現物のリチャードがいたとすれば、恐怖の苦痛がすべてで快感など望むべくもないのだ、というのが『文学論』の説明である。

　同じことが、すでにその一部を引用した『リチャード三世』冒頭の長広舌にもいえる。漱石はこれを読んで「こは悪漢なり、厭ふべき男なり」という「不快の感」が起こるとしても、他方に「かゝる剛情なる毅然たる不屈の眇《びょう》たる〔取るに足らぬほど小さい〕小丈夫の呑天の肝を賞嘆する念湧き出でゝ」その不快感は後景に引き下げられるという。少なくとも「余はこれを一読して彼を嫌ふ念よりも、寧ろ彼を賞嘆することの数倍なるを自白するものなり」と。つまりリチャードは幕が開くや「悪漢」の姿と言葉をもって登場しながら、他方で「賞嘆」を抑えがたい傑物でもある、という大きな矛盾――「黒／白」の両面――を抱えた性格《キャラクター》としてたちまち観客の心を捉えるというのだ。

　油断のならないこの劇作家によって創造された「厭ふべき男」リチャードは、開幕時にはすでに手をまわしてあった陰謀によって、まず次兄のクラレンス公ジョージをロンドン塔※7幽閉へと追い込む。続いてランカスター家の葬列に現れると、あろうことか、かつて自ら殺害した皇太子エドワードの妻であった美貌の貴婦人アン（アン・ネヴィル）を執拗に口説いて、ついに結婚を承諾させてしまう。そこまでが第一幕なのだが、驚かれるのは、漱石の書き込みの実に半数以上（三〇点中一七点）がここに集中していることである。

「成程趣味」の深み

その第二場で葬列に飛び込んできたリチャードは「やい！　その死体を下ろせ、従わんやつは、誓って、死体にしてやる！」と怒鳴る。この科白の横に漱石はこう書きこんでいる。

Gloster ノ言語ノ激烈ナルヲ見ヨ

※7　監獄を兼ねるこの城塞で、リチャードは実兄ジョージのほか、甥にあたる王子二人をも暗殺させるが、これらの経緯は史実にもとづく。『吾輩は猫である』第一回と同じ一九〇七年一月に発表された短編小説「倫敦塔」（本書80頁以降参照）には、王子が「命さへ助けて呉るゝなら伯父〔叔父〕様に王の位を進ぜるものを」などと口にする場面があるが、この科白は『リチャード三世』にはない。王子の他の言動から推量された心境の表現と見られる。

この「激烈ナル」リチャードにアンは「人間の目に悪魔は見るに耐えない。お下がり、おぞましい地獄の手先！」に始まる最大級の悪罵《あくば》を投げ続け、これに長く耐えたリチャードがやがて口を開く。

リチャード　あなたは慈悲の掟をご存じない。
悪には善を、呪いには祝福をもって報いるものだ。
アン　悪党、お前こそ神の掟も人の道も知らないくせに。
どんな獣《けだもの》でも憐れみのかけらぐらいは知っている。
リチャード　だから私は獣じゃない、憐れみなんか知らないから。
アン　まあ、不思議、悪魔が真実を言った！
リチャード　もっと不思議だ、天使が怒りをぶちまけた。

三行目のアンの科白とそれに応じたリチャードの「だから私は獣じゃない」云々の横に漱石はまた、今度は二重下線つきで「formulae」と書きこんでいる。この対話は、実は

『文学論』第四編「文学的内容の相互関係」中の「頓才」の節で引用されて「此種の趣味を成程趣味といふ。知力に訴へて成程と思ふとき始めて面白味を生ずるが故なり」と論説されるものである。すなわち「公式」はこちらでは「成程趣味」の公式を指している次第で、この書き込みもまた、さきの「除去法の公式」同様、『文学論』のもとになった英文学講義に備えてのものであった可能性が高い。仮に講義で使われなかったとしても、文学の総合的解剖・理論化という『ノート』で続けられていた着々たる営為の一環であったことは間違いない。

　自身のその後の創作から例を挙げるなら、『明暗』の吉川夫人が「それが私に云はせると男らしくない貴方の一番悪い所なんですよ。〔中略〕女は考へやしませんよ。そんな時に」と言ったのに対して、津田がすぐさま「ぢや考へる私は男らしい訳ぢやありませんか」（百四十一）と反論するところなど、まさにこの「成程趣味」の典型例といえる。

　津田が繰り出したこの「成程趣味」は、彼の頭のよさや吉川夫人との甘えを含んだ関係など多様な要素を伏線的に暗示する意味をもつが、効果はそれのみにとどまらない。つまりこうした会話においては、たとえばＡの発言を受けたＢが、その言葉尻をとらえるような形でＡの意識にある文脈とは別の文脈を表に出してみせることになる。Ｂの発言はＡには「屁理窟」と見えても、B、たとえばやはり『明暗』の岡本に言わせれば「何処へ出ても立派に通る理窟」（七十五）なのであって、それが顔を出すことで、別の文脈が背後からぬっと浮上する。つまりこれもまた物事には「反面がある」ことを意識に上らせる「手際」の一つなのだ。

ちなみにその岡本が「立派に通る理窟」だと言い、姪のお延は「信ずるのは厭」であるがゆえに「屁理屈よ」と拒絶する論理は、以下のような三段論法をなしている。

一、「男と女が引張り合ふのは、互に違つた所があるからだ」。
二、ところで、「其違つた所は、つまり自分ぢやない」、「自分と別物だ」。
三、それゆえ、「自分と別物なら、何《ど》うしたつて一所になれつこない」。

だから「一度夫婦関係が成立するや否や、真理は急に寐返りを打つて、今迄とは正反対の事実を我々の目の前に突き付ける」。つまり男女間の「牽引力が忽ち反撥力に変化する」、こうして結局「男は男同志」、女も「女同志」へと戻ってゆくのだと岡本は言う。この「考への何処《どこ》迄が真面目で、何処からが笑談《じょうだん》なのか、お延には能《よ》く分らなかつた」のだが

（七十六）、この「寐返りを打つ」オセロ・ゲームめいた「真理」こそ、実はこれからお延が、それが「屁理屈」にすぎないことの証明に挑むところの標的なのだ。

とすれば、岡本の口を借りて繰り出されたこの「成程趣味」は、作品の核心へそれとなく読者を引きこむひそかな伏線として、先の津田の茶々入れ以上の重みをもつだろう。すなわち男女が「一所になる」ことへの希求と、両者の差異ゆえのその不可能性という「物の両面」がここに浮上して、『明暗』一篇の主題を暗示している。「山寺のカッポレ」にも通ずるこの矛盾の追究は、もちろん『明暗』に始まるわけではなく、実は漱石のほとんどの長編小説が掘り下げようとしてきたところではあるのだが。

女ハイツデモ此手ニカヽルナリ

さて、『リチャード三世』第一幕第二場に戻って、リチャードとアンの言い合いをもう少し追っておこう。「非の打ちどころだらけの疫病神」とののしられたリチャードがアンに「言葉では言い尽くせないほど美しい人」と返し、これに対してアンが「心には思い描けないほど醜いやつ」とまた罵倒で返すという、奇妙に激烈なやり取りがしばらく続いてから……

リチャード　あなたの美しさが、手を下させた張本人。
あなたの美しさが私の眠りに取り憑いて、
一時間でもいい、あなたの優しい胸で生きられるなら、
世界中の男を皆殺しにしたいと思わせたのだ。
アン　そうと分かったら、ああ、人殺し、
この爪でその美しさを私の頬から引き剝《む》いてやる。
リチャード　その美しさが破滅する様をこの目は見てはいられない。
私がそばにいる限り、汚してはなりません。
この世が太陽の恵みで生きているように、
私はあなたの美しさを糧《かて》にしている。私の真昼、私の命。
〔中略〕
リチャード　あなたから夫を奪った男は、
もっといい夫と娶《めあ》わせるためにそうしたのだ。
アン　あの人に優る男がこの世にいるわけがない。
リチャード　生きているのだ、あなたをもっと愛している男が。

アン　その名は。
リチャード　プランタジネット。
アン　まあ、あの人のこと。
リチャード　名前は同じだが、人格は上だ。
アン　どこに？
リチャード　ここに。　（アンは彼に唾を吐き掛ける）

「プランタジネット」はランカスター家のボリングブルックことヘンリー四世によって終止符を打たれた王朝の名ではあるが、同時に、ヨーク、ランカスター両家が共に連なる姓でもある。由緒正しいこの名へのリチャードのこだわりがここに示され、かつそれがアンによって最高度の侮辱を受けたわけである。その横の余白に漱石はこう書き入れている。

Gloster ノ罵ラルニモ関セズ怒ラザルヲ見ヨ

この後、アンの舌鋒は徐々にゆるみ、リチャードの口舌が長引くのを許し始める。「あなたの唇は口づけのためにある、軽蔑に歪むためではない」、どうしても赦《ゆる》せないなら、この剣をわが胸に突き立てなさい、などと言葉を連ねるあたりへ来ての漱石の書き込みはこうである。

Gloster ハ女ノ weakness〔弱み〕ヲ見抜ケルナリ最モ巧妙ナル謀略ナリ

このまことに驚くべき沈着なる忍耐をもって、リチャードは結局、アンの口説き落としに成功してしまう（近年の映画などではここで両人が接吻するのがお定まりのようだが、原作にそのト書きはない）。彼女らが去って一人になってからのリチャードの科白——「こんな気分のときに口説かれた女がいるか？ こんな気分のときに口説き落とされた女がいるか？」——に対して漱石は今度はこう書きこんだ。

然リ、女ハイツデモ此手ニカ、ルナリ

「此手」とは、右に垣間見てきたとおりの「女ノ weakness」につけこむ「最モ巧妙ナル謀略」以外にないわけで、「女ハイツデモ此手ニカ、ル」という漱石の指摘は、賛否があるにせよ、この時点での持ち前の女性観として確認しておくべきだろう。

女ノ心モ一転シ男ノ心モ一転ス

さて、美女を口説き落としたばかりのリチャードは、続けて「あの女はものにする。だがすぐさまお払い箱だ」との宣言に及ぶ。この急速な展開にも驚かされるが、不敵なリチャードはさらに「どうやら俺はこれまでずっと自分を見損なっていたらしい！　間違いない、——俺には納得がいかないが——あの女には俺が眉目秀麗な素晴らしい男に見えるのだ」とつぶやく。この部分に漱石はこう書きこんだ。

此成功ハ Gloster ニハ revelation〔啓示〕ナリ彼茲《ここ》ニ至ツテ始メテ己レノ醜ヲ忘ル、コトヲ得

リチャードにとってこの口説きの成就は啓示にも等しく、これによって初めて彼は自らの醜貌を問題としないだけの自信を獲得した。すでに見た『文学論』での評語をもってす

るなら、観客とともにリチャード自身が噛みしめていた「こは〔われは〕悪漢なり、厭ふべき男なり」という「不快の感」が、「剛情なる毅然たる不屈の」男への「〔自己〕賞嘆」に取って代わられたというのだ。そしてこの幕の終わりの余白にはこうも書きつけた。

女ノ心モ一転シ男ノ心モ一転ス　其心理頗ル妥当ニテ叙事頗ル巧妙ナリ　此自然ナリ小説ニアラズ。

すなわち、「心」が「一転」したのはリチャードにおいてばかりでなく、アンの側でも同様の事態が起こってしまった。しかも両者の心理の推移はきわめて納得のいくもので、その叙述の巧妙さはすでに小説や戯曲の作為を超えて「自然」そのものの域に入っている……。

怒らない男、ブルータスの怒り

特定の作家へのこれほどの絶讃を漱石が書いた例を探しだすことは難しい。その希少な例として、やはりシェイクスピアの歴史劇である『ジュリアス・シーザー』〔推定執筆年一五九九〕への反応が挙げられる。この戯曲への漱石の書き込みはすでに見たとおりたったの二点なのだが、その一つが、第四幕第三場冒頭の余白に書きこまれた以下の文章である。

○ No man but Shakespeare could have written this scene.

読至此齣始知沙翁筆端神矣

英文は「シェイクスピア以外の誰にもこの場は書けなかった」との意で、漢文を読み下せば、「読みて此齣《このせつ》に至りて始めて沙翁の筆端神《しん》あるを知れり」となる。後で見るもう一つの書き込みも漢文によるもので、通常の日本語が一切まじらないところは、講義準備のための多くの書き込みとは様相が大きく異なる。おそらく帝大就任以前、初読の際の感銘を書きとめたものだろう。

さてその書き込みだが、漢文の「齣」は英語の「scene」、すなわち現代日本語の「場」に相当する字で、ここでは第四幕第三場を指す。これはシーザー暗殺後、ローマを出てアントニーと一戦交えるほかなくなったブルータスが、暗殺首謀者で義弟にあたるキャシアスを野戦のテントに迎えてかなり長く会話する場面。すでに敗色の濃い両将の会話は意見対立や責任追及、恨み言めいた言葉も混入し、ブルータスにはそれまでの高潔で温厚な人格を失ったかとも見える変化が認められる。そうしたストレスフルな対話が百行以上続いてから、ブルータスが「さっきは言い過ぎた、俺の心も乱れていたのだ」と折れて、二人は和解に向かう。

そこへ道化的な役割を担う「詩人」が乱入し、「お二人は何かで揉めているそうだ。二人きりにしておくのはよくない」などと言って場を掻きまわす。兵士らがこの詩人を追いだして一段落すると、ブルータスが小姓に「酒だ！」と声をかける。

キャシアス　君があんなに怒るとは思わなかった。
ブルータス　ああ、キャシアス、悲しみが重なって胸が潰れそうなのだ。
キャシアス　君の哲学も役に立たないのか、不運に不意打ちされるたびに参るとすれば。
ブルータス　俺ほど悲しみに耐えられる者はいない。ポーシャが死んだ。
キャシアス　え？　ポーシャが？
ブルータス　死んだ。

「ポーシャ」の一句に俯頭低地

「君をあんなに怒らせたのに、よく俺を殺さなかったな」というキャシアスの科白がこれに続くのだが、もう一つの書き込みは、まさにこのやりとりの横に入れられたもので、漱石の『ジュリアス・シーザー』評価がこの一局面に集中していたことに驚かされる。

○一句出意外妙也
借「カシアス」問使読者知「ブルタス」所以憤老手老手「ポーシャ」一句妙不可言不覚俯頭低地

読み下せば、「一句意外に出づ。妙なり。カシアスの問を借り、読者をしてブルタス憤れる所以《ゆえん》を知らしむ。老手、老手。『ポーシャ』の一句、妙言うべからず。覚えず頭《こうべ》を俯して地に低《た》る」となる。文学でも哲学や心理学・社会学関係の書でも、漱石の書き込みの多くは同意・納得より批判・検討、あるいは懐疑や冷笑に傾くもので、このような手放しの称讃はきわめてまれだ。その漱石をして「頭を俯して地に低」れしめたのである。

ブルータスの人物造型はハムレットの前哨をなすとも言われる。四大悲劇への接近が指摘されるこの戯曲のことだから、特筆すべき「妙」は多々あるに違いない。にもかかわらず、漱石の讃嘆がこの「ポーシャ」一句の「妙」とそこに至る第三場の展開のみに集中していたことを、どう理解すべきだろうか。

シェイクスピア復興の立役者といわれる十九世紀の詩人、S・T・コウルリッジもこの第四幕第三場について「シェイクスピアの天才が超人的なものであることをこれほど強く印象づけた場はない」(*Shakespearean Criticism*, 1830, Everyman's Library, 1960, p.16)と絶讃しているのだが、彼の場合は、このほかにも七つほどの場を挙げて文豪の手腕を讃えている。そのことと照らしても、漱石の評価がこの場にのみ集中したことには、漱石が独自に保有していた批評の尺度が匂う。

この独自性の根源を求めていくと、『リチャード三世』において見た「女ノ心モ一転シ男ノ心モ一転ス」という場合の「一転」への讃嘆と同じところにたどり着くだろう。つまり『リチャード三世』第一幕第四場について書き込まれた「其心理頗ル妥当ニテ叙事頗ル巧妙ナリ此自然ナリ小説ニアラズ」という評価は、そのまま『ジュリアス・シーザー』のこの場にも該当するはずなのだ。ただこちらではそれが、「ブルタス憤れる所以」を知らされないままできた読者の緊張が、「ポーシャ」の一句という、「意外に出る」展開で一挙に緩和される。このような形での「緩和」またはその逆の、緊張を急騰させる「強勢」は、いずれも『文学論』で公式化されている技法であり、これらへの漱石独自の着眼がそこでの理論構築の礎石の一部をなしていることは間違いない。完成された理論がどのようなものであったかは、次章以降でその概略をつかんでいただけるはずである。

さて、所蔵本書き込みの検証はこれでひとまず打ち止めとするが、すでに浮かんできた発見は小さくない。すなわち作家としてであれ、作家以前の研究者としてであれ、漱石という個人にとりわけ強く訴えるシェイクスピア劇内部の力学として、人物の「心」の、あるいは何らかの形でそれを映し出す情景の、あたかもオセロ・ゲームでの「黒／白」反転のごとき、一転という事態があったということである。

第二章　俺たちはみんな悪党だ――『ハムレット』と仮対法

「理解」を拒絶するハムレット

ところで、「心」の一転とは、どのようにして起こるものだろうか。たとえばリチャードの「心」が卑屈な自己嫌悪から気宇壮大な自信へと一転したのだとしたら、それは、リチャードという人物にあらかじめ自己嫌悪と自信過剰という「黒／白」両面が備わっていたことによるのではないだろうか。唾さえ吐きかけた男にたちまち落とされるというアンの一転も、もともとリチャードに惹かれる部分が彼女の背後にひそんでいたのでなければ、ありえなかったことでは？　ブルータスの一転もまた、愛妻の喪失による痛手という押し隠していた側面がふと前面に出てきてしまった事態と捉え返すことができる。

主人公やその周囲の主要登場人物を、そのような意味での「両面がある」性格《キャラクター》として造型しているところに、シェイクスピア劇の根幹をなす「手際」の一つがあるのだ。「心を一番かきむしられるのはシェイクスピアだ」と告げた『この人を見よ』のニーチェは、続けてこう書いている。

> ひとりの人間が、こんなふうに道化になるしかないのだから、よほど大変な苦悩があったにちがいない——ハムレットは理解されるのか？　疑いではなく、確信こそが、人を

狂気にするのだ。……そう感じるためには、しかし、われわれは深くなければならない。
（太字による強調は原文通り）

ハムレットにせよリチャードにせよ、冷徹な策士のようであり、また狂った「道化」のようでもある両面的性格《キャラクター》を「理解」するには、観客・読者も「深くなければならない」とニーチェ。彼の「心をかきむしった」のは『ハムレット』の特にどのあたりか？　恋人オフィーリアに対し、「尼寺へ行け」とまくしたてる、かの有名な場面などその一つに違いない。「お前を愛したことなどない」と言い放ったハムレットは、さらにこう言葉を重ねる。

尼寺へ行け、ああ、罪人《つみびと》を産みたいのか？　俺はこれでも並の節操は持っているつもりだ。それでも、いっそ母が産んでくれなければよかったと思うほどの罪は、いくらでもあげつらうことができる。傲慢で、執念深く、野心家だ。いますぐにも罪を犯しかねない。そいつを思いつく頭も、それに形を与える想像力も、それを実行に移す時間も足りないくらいだ。俺のような男が天と地の間を這いずりまわり、いったい何をしでかす？　俺たちはみんな悪党だ。誰ひとり信じるな。尼寺へ行け、さあ。
（第三幕第一場）

「そもそも客観的な善悪などない、主観が善悪を作るんだ」と、ニーチェその人が出てきたかと見まがう警句を吐いていたハムレットのことだ。既成の「善悪」を固定的に見ないだけの哲学はもっている。だがその相対主義的な哲学自体も、「天と地のあいだには、哲学などでは計り知れないことが山ほどあるんだ」と腹心ホレイショーに教えた言葉でさらに相対化されたとも解釈できる。しかもそのすぐ後で「これからは狂態〔an antic disposition〕を身にまとうかもしれないぞ」（引用者訳）とホレイショーに告げるのだから（第一幕第五場）、それ以降は、そもそもこの男の吐く言葉はすべて「理解」を拒絶しているとも言える。

　事態がそのようであれば、「俺たちはみんな悪党だ」、善良なお前はそういう奴のいない「尼寺」へ行け、とオフィーリアに投げつける言葉もただちに本心と受け取るわけにいかない。そもそもここでオフィーリアが彼の前に姿を表すのは、ハムレットの狂態が現実の発狂なのか演技なのかを見極めようとする新王と父ポローニアスに強いられてのことだが、そのことをハムレットが認識しているか否かはわからず、そのわからなさがまたサスペンスの面白みを加えているのだ。

　いずれにせよあわれなのは、恋人のこの烈《はげ》しい罵倒について、王たちに聞かせるための嘘かもしれないと思い至る気配もないオフィーリアである。ハムレットの変心に打ちのめされた彼女があたかも身代わりのように現実に発狂してしまう、という皮肉な展開がこの悲劇の一つの縦糸をなしていく。

所蔵本への長大な書き込み

さて、所蔵本への書き込み数でも『ハムレット』が群を抜いていることは前章に見たが、それらの書き込みの多くはおそらく講義に備えてのもので、計十回も書きつけられた「佳」のほか、「奇抜」「奇想」「奇語」「警句」「痛快」「写生的」「一句ヨシ」などの短評が数多く刻まれている。また解釈をめぐってコウルリッジ、サミュエル・ジョンソン、W・C・ハズリットらの説を引いた上で自説を立てる長い書き込みもあり、さらにそこから『文学論』に連絡させた記述もあることは『リチャード三世』の場合と同様である。

それらのうち、最大最長のもの（次頁写真）に立ち入って見よう。二ページにわたって余白を黒くしたこの書き込みは、やはり第一幕第五場、「狂態を身にまとう」という宣言の少し前にある。亡霊がハムレットとの長い対話を終えて消え去ったところで、見張りの将校マーセラスの「ほほーい、ほーい、殿下」（Illo, ho, ho, my lord!）という呼びかけ

漱石所蔵本『ハムレット』(*The Works of Shakespeare vol.5: The Tragedy of Hamlet*, W.Menthuen, 1899) **への書き込み**（東北大学附属図書館「漱石文庫データベース」より）

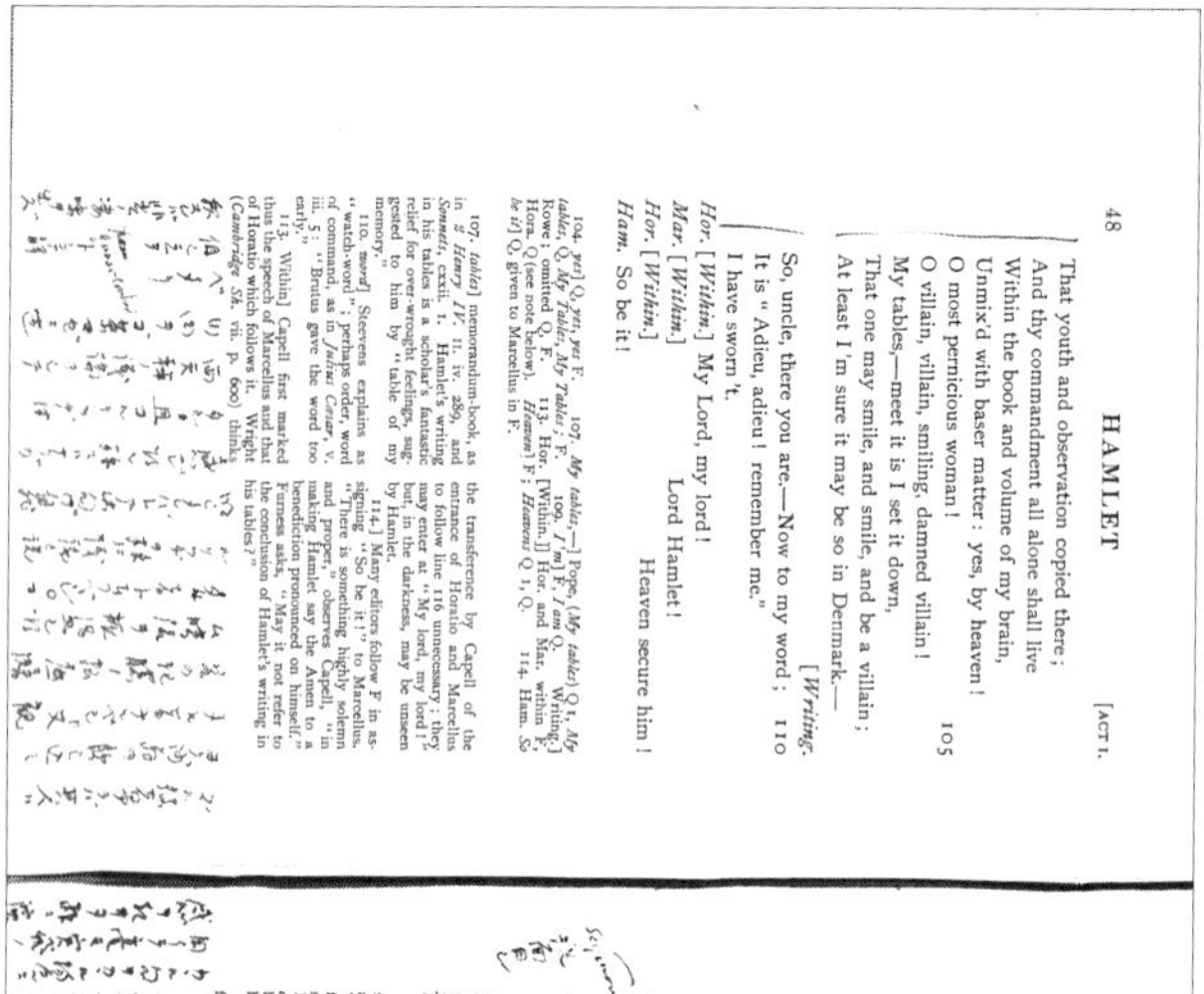
48 HAMLET [ACT I.

That youth and observation copied there;
And thy commandment all alone shall live
Within the book and volume of my brain,
Unmix'd with baser matter: yes, by heaven!
O most pernicious woman!
O villain, villain, smiling, damned villain!
My tables,—meet it is I set it down,
That one may smile, and smile, and be a villain;
At least I'm sure it may be so in Denmark.— [*Writing.*
So, uncle, there you are.—Now to my word;
It is "Adieu, adieu! remember me."
I have sworn 't.

Hor. [*Within.*] My Lord, my lord!

Mar. [*Within.*] Lord Hamlet!

Hor. [*Within.*] Heaven secure him!

Ham. So be it!

104. *yet*] Q, *yet, yet* F. 107. *My tables,—*] Pope, (*My tables*) Q 1, *My tables,* Q, *My Tables, My Tables;* F. 109. *I'm*] F, *I am* Q. *Writing.*] Rowe; omitted Q, F. 113. Hor. [Within.]] Hor. and Mar. within F; Hora. Q (see note below). *Heaven*] F; *Heavens* Q 1, Q. 114. Ham. *So be it*] Q, given to Marcellus in F.

107. *tables*] memorandum-book, as in *2 Henry IV.* II. iv. 289, and *Sonnets*, cxxii. 1. Hamlet's writing in his tables is a scholar's fantastic relief for over-wrought feelings, suggested to him by "table of my memory."

110. *word*] Steevens explains as "watch-word"; perhaps order, word of command, as in *Julius Cæsar*, v. iii. 5: "Brutus gave the word too early."

113. Within] Capell first marked thus the speech of Marcellus and that of Horatio which follows it. Wright (*Cambridge Sh.* vii. p. 600) thinks the transference by Capell of the entrance of Horatio and Marcellus to follow line 116 unnecessary; they may enter at "My lord, my lord!" but, in the darkness, may be unseen by Hamlet.

114.] Many editors follow F in assigning "So be it!" to Marcellus. "There is something highly solemn and proper," observes Capell, "in making Hamlet say the Amen to a benediction pronounced on himself." Furness asks, "May it not refer to the conclusion of Hamlet's writing in his tables?"

SC. V.] PRINCE OF DENMARK 49

Hor. [*Within.*] Illo, ho, ho, my lord!

Ham. Hillo, ho, ho, boy! come, bird, come.

Enter HORATIO *and* MARCELLUS.

Mar. How is't, my noble lord?

Hor. What news, my lord?

Ham. O, wonderful!

Hor. Good my lord, tell it.

Ham. No; you will reveal it.

Hor. Not I, my lord, by heaven.

Mar. Nor I, my lord.

Ham. How say you, then; would heart of man once think it?
But you'll be secret?

Hor., Mar. Ay, by heaven, my lord.

Ham. There's ne'er a villain dwelling in all Denmark
But he's an arrant knave.

Hor. There needs no ghost, my lord, come from the grave

115. Hor.] Q 1, F; Mar. Q. Enter *Horatio and Marcellus*] Capell; placed after Hamlet's, *I have sworn 't*, in Q, after *My lord, my lord!* in F. 116. *bird*] F, *and* Q, *boy* Q 1. 117. Hor. *What news, my lord?*] omitted Qq 4-6. 118. Ham.] Hora. Qq 4, 5. 119. *you will*] Q, *you'l* F. 121. *it?*] Q 1, F; *it.* Q. 122. *secret?*] F, *secret.* Q; *my lord.*] Q 1, F; omitted Q. 123. *ne'er*] F, *never* Q.

115. *Illo*] Capell considered this speech "too light for Horatio," and assigned it with Q to Marcellus. The call, answered by Hamlet in falconer's fashion, is not meant as such by the speaker, whether he be Marcellus or Horatio. In *The Birth of Merlin*, Prince Uter's "So ho, boy, so, ho, illo ho!" is a mere halloo.

116. *Hillo . . . come*] The cry of a falconer to his birds. Steevens quotes from Tyro's *Roaring Megge*, 1598: "Ile go see the kyte: Come, come bird, come."

121. *once*] ever, as in *Ant. and Cleop.* v. ii. 50.

123. *Denmark*] Seymour suggests that Hamlet at this word breaks off his intended disclosure, pauses, and gives it a jesting turn. Sir H. Irving adopts this rendering, glancing at Marcellus, as if his presence rendered the confidence unwise.

（ホレイショーの科白とする版もある）に応えたハムレットの「ほほーい、ほーい」（Hillo, ho, ho, boy!）に着目したもので、掘り下げていくうちに、予期しない長さになってしまったもののようだ。

「此句は突飛ナリ」と始めて「其理由如何」と自問し、「（1）故意ニ狂気ヲ装フ始メノ態度カ、（2）カヽル場合ニハカヽル突飛ノ滑稽的軽薄の句ガ出るモノカ」のどちらと考えるべきかを追究していく。要は、どちらであっても、こういう「異常の事」は読者の経験にまずないことで、かつヴァーノン・リーも説く通り「文学ハ吾人ノ記憶ニ訴フ」るものである以上、これは「批評ヲ許サヾル句」である。

ただ、このような場合に「読者ノ心得ベキ」なのは、作者が「異常ノ事件ヲ設けて其影響ノ人物ニ及ブ所ヲ叙スル」時は、「白トモ黒トモナシ得」るし「是トモ非トモナシ得」るということで、それゆえ「役者自身ノヤリ方」で「此句ヲイカスコトモ死ナスコトモ出来得」るのだという。漱石はこの地点から、以下のような明敏な指摘に及んで、この長い書き込みを終えている。

モシカヽル句ヲカヽル場合ニ用イテ毫モ突飛ノ感ヲ起サヌ様ニ演ズル役者アラバ其人ハ

ヨク沙翁ヲ飲ミ込ミタル者ナルベシ。又観客の記憶ノ根底ニ潜ム暗流ヲ振盪シ得タル者ト云フベシ。〔中略〕コルリッヂは両天秤ノ議論ヲシテ（1）（2）ヲゴ茶マゼニ述ベタリ但シ之ヲ ~~pseud~~ quasi-contrast トシテ解釈スレバ非常ノ凄味ヲ生ズ

ある事件の人物への影響について、シェイクスピアは「白＝是」とも「黒＝非」ともとれるように書いている。となるとこれを「白＝是」と見せるか、「黒＝非」のように演じるかは「役者自身ノヤリ方」次第だ。ハムレット役の俳優がこの場の「ほほーい、ほーい」をもし「毫モ突飛ノ感ヲ起サヌ様ニ」演じることで「非常ノ凄味ヲ生ズ」るとしたら、それは、このハムレットを「白＝是」と見てきた観客の「根底」にひそむ「黒＝非」の「暗流ヲ振盪」することによるという。そして、そう演じる役者は「ヨク沙翁ヲ飲ミ込ミタル者」だという。おそらくかつて誰によっても言われたことのないオリジナルな批評がここに書きとめられているのだが、ところで、その役者は沙翁の何を「飲ミ込ミタル」者だというのか？

この問いに自答して、漱石自ら綴った英語が「quasi-contrast」で、この語は『オックスフォード英語辞典』（*Oxford English Dictionary*, 1989）にも記載がない。漱石の造語と

見てよく、かつこれが最初の用例と見られるのだが、60頁の写真をよく見ると、「quasi-contrast」の前（上）に「pseu」と書かれ、それが横線で抹消されているのがわかる。この「~~pseu~~」は『漱石全集』にも拾われていないのだが、おそらく「pseudo-」と書きかけてから「quasi-」の方がよかろうと考え直したもので、いずれにしても「本物・真正でない」ことを表す接頭辞だから、のちに漱石はこれに「準対置」という日本語を当てることになる。

quasi-contrast＝準対置＝仮対法

「quasi-contrast」の語を含む書き込みはもう一つあって、それは、右の最長のものから二ページほど後、ホレイショー、マーセラスとの三人での会話に突如、退場したはずの亡霊の「誓え」という声が奈落から割って入り、これに反応したハムレットの「ほほう、小僧、貴様もそう言うのか？　そこにいたのか、相棒」という科白に対してのものである。「此句」も「同ジク突飛」で、ハムレットの「心理」や「意向」は知りえないけれども、「但此突飛ナ句は非常ノ凄味ヲ生ズ。否生ジ得ルナリ。余ノ講義中 quasi-contrast ノ条ヲ見ヨ」とある。

「余ノ講義」はやがて『文学論』の形を取るもので、「quasi-contrast」はそこで「仮対法」と日本語化されるのだが、これは原稿で「準対置法」となっていたものの修正だという（『漱石全集』第十四巻注釈）。どう呼ぶにせよ、前章に見た「成程趣味」と同様、『文学論』に列挙されていく「公式」の、これは一つなのだ。

『文学論』英訳者の一人マイケル・K・ボーダッシュの「一九〇七年にはまだそれを表す用語のなかった思想や概念をどう表現するかに、漱石が苦闘していた」という見方は「はじめに」で紹介済みだが、この「仮対法」の場合のように用語が一定しなかったことも、その「苦闘」を証拠立てる事例の一環である。その英訳『文学論』は第四編の第一章から第六章までを訳出せず、要約で済ましてしまったが、惜しまれるこの事態の背景にも、漱石の「苦闘」との苦闘を見るべきなのかもしれない。たとえば同編中唯一全訳された第七章「写実法」に出てくる一覧表で「仮対法」は〝pseudo-opposition〟（疑似対立）と訳されており（前掲訳書、一一七頁）、これ自体はよいとしても、困るのは、要約部分ではこれに、「対置法」全般を指して用いられる訳語〝counterposition〟を当てていることである（同、九九頁）。原書では「対置法」のうちの特殊な形態として抜き出し、「対置にして、しかも対置の実を有せざるがゆゑに」これを「仮対法」と名づけるとされているわけで、これを

「対置法」と同一視した訳文からは、漱石が抽出して独立させたことの意味を読み取ることができない。

ともあれ重要なのは、右の書き込みに即して言えば、「突飛」な科白が生じさせる「非常ノ凄味」の背後に何らかの形での「両面」の共存を見いだし、かつそれを「対置の実を有せざる」ものと見たことである。「仮対法」がそのようなものであるならば、それが、序章でオセロ・マジックと仮称した「黒白の変化を同一物の上に起す」漱石文学の鮮やかな手並みと通じ合うものであることは、すでに透けて見えているだろう。それがどう通じ合い、どのような成果を生んでいるかの検証にこれから取り組んでいくことにしよう。ところで、その場合に避けて通れないのが、『文学論』第一編「文学的内容の分類」第一章「文学的内容の形式」冒頭に置かれた、漱石の文学観を端的に表示する基本図式である。いわく、

凡そ文学的内容の形式は（F＋f）なることを要す。Fは焦点的印象又は観念を意味し、fはこれに附着する情緒を意味す。

この「F」の意味は、ここで「焦点的印象又は観念を意味」すると明記されているとおりである。念のため補説すれば、第五編「集合的F」第一章「一代に於る三種の集合的F」には「意識の焦点（即ちF）なる事は言ふを待たず」などとあるし、さらに『ノート』を覗けば「此 focal ideaをFニテ示セバ」（「Ⅱ-1〔開化・文明〕」）といった記述が見られることからしても、「F」が「Focal impression or idea〔焦点的印象又は観念〕」の記号化であることは間違いない。

「F＋f」と後世の文学理論

この「F」に「f」と記号化される"feeling"すなわち「情緒」が「附着する」ところに「文学」の「文学」たるゆえん（科学・法律など直叙的な文章との差異）を見てゆく漱石のこの理論に、歴史上の先行例を見いだすことは難しいし、その後に出現した総合的な文学理論書のどれにもそっくり同じ基本図式で文学を説こうとしたものは見当たらない。

ただ、もし漱石の言う「f」にごく柔軟な解釈を適用するならば、一九二〇年代以降に登場した文学理論のいくつかに、考察対象の近接を見いだすことはできるだろう。たとえばI・A・リチャーズは文学一般を「態度を含みこんだコミュニケーション

〔communication involving attitudes〕」と見たが（*Principles of Literary Criticism*, 1924, Routledge and Kegan Paul, 1976, p.138）、その「コミュニケーション」は漱石にいわせれば諸「F」から成り立つはずで、そこに付随する「態度」の様相、またはそれを構成する一文・一語に至る諸要素が「f」に相当すると言えそうだ。あるいはウィリアム・エンプソンが詩における「真の問題」の一つとする「雰囲気〔atmosphere〕」が「意味によって含意されるものの意識〔the consciousness of what is implied by the meaning〕」と定義されるなら（*Seven Types of Ambiguity*, 1930, New Directions, 1966, p.18）、「雰囲気」は、それぞれの「意味」という「F」に含意される諸「f」の集合と捉えることも可能になるだろう。

　また『文学論』の先駆性を説くにあたってボーダッシュが挙げていた「フォルマリズム」から「構造主義」に至る流れに照合するなら、そこで開発された多様な批評方法のうち、「デノテーション」（明示的意味）に付随する「コノテーション」（共示的意味、含意）をその背後の諸々の「コード」（暗黙の規則・約束ごと）に照合していく分析法（その徹底例をロラン・バルトの『S／Z』〔一九七〇〕に見ることができる）などに、漱石的「F＋f」との類縁を見ることも不可能ではないだろう。

しかしながら、『文学論』が明らかにしようとしていた文学の様相は、リチャーズともエンプソンともバルトとも異なる局面にあった。すなわち「Ｆ＋ｆ」の形式的類別とそれらの連鎖・複合の諸形態・諸技法といったところにである。この局面において一つの山場をなすのが第四編「文学的内容の相互関係」であり、特にその後半、「Ｆ＋ｆ」の連鎖・複合による効果が類別されていくあたりで、私たちは世界的先駆性をもつ理論構築の現場に立ち合うことになるのだ。

先にふれた「仮対法」は、その第四編第六章「対置法」で、第一節「緩勢法」（本文では「緩和法」とも称される）、第二節「強勢法」に続いて「［附］仮対法」として付論される、やや特殊な技法と目される技法なのである。これを概説すると、「強勢法」は「ｆに添えるにｆ′を以てして、ｆの一時的価値を高度に変ずる」もので、同じことをしながら「ｆの一時的価値を低度に変ずる」のが「緩勢（緩和）法」。だからたとえば前章末に見た、ブルータスの口をもれる「ポーシャ」の一句などそのうち後者の傑出例として漱石の胸を打ったと見ることができる。そしてこの両「対置法」の傍らに、「対置にして、しかも対置の実を有せざる」特異な対置法もあるというのが漱石のすぐれて斬新な着眼である。これすなわち「ｆ′」の登場で「ｆの一時的価値」は「強勢」（高化）も「緩和」（低下）もされず、「fとf′と相待つて始めて新しきf″」――「公式を以て之を示せば（f＋f′）と見做す」――を生ずることを目的とする特異な方法であり、これを「仮対法」と名づけるというのである。

『マクベス』、門番独白の場面

「f」と「f′」の「対置」ではあるが、価値の上下はなく「fとf′と相待つて始めて新しきf″を生ずる」ような「準対置」的展開。そのような科白の第一例として『文学論』で最も周到に論じられるのは、実は『ハムレット』でなく、『マクベス』である。この悲劇のほぼ唯一の道化的人物である門番の登場場面に、漱石はその最も典型的で効果的な例を見いだす。

　問題の場面は第二幕第二場。ついに王殺しを決行したマクベスが、夫人と対面して呆然としているところへノックの音がし、ギクリとして二人とも退場する。恐怖と凄絶《せいぜつ》の気分が舞台を支配したところへ、このノックとともに入ってくるのが、これに続く第三場の冒頭の、門番のこの長い独白である。

> やけにどんどん叩くじゃねえか！　地獄の門番だったら、千客万来で鍵の回しっぱなしだぜ。（ノックの音）どん、どん、どん。誰だ、こちとらにゃ地獄の閻魔大王がついてんだ、名を名乗れ。――ほほう、百姓だな、豊作貧乏を苦に首くくったか。通れ、日和見野郎。ハンカチどっさり用意しときな。地獄の熱でたっぷり汗かくからな。（ノックの音）どん、どん、どん。誰だ、なんとか大王もついてんだぞ。〔中略〕
> ――しかし地獄にしちゃ寒すぎる。もう地獄の門番は廃業だ。いろんな商売から何人かずつ、道楽三昧にふけったあげく地獄の火で焼かれようってやつを入れてやるつもりだったんだけどな。（ノックの音）はい、ただいま、ただいま、どうか、門番へのご祝儀をお忘れなく。

「フォルマリズム、構造主義」の近傍に位置するノースロップ・フライは、「シェイクスピアが悲劇にときおり投げ込むグロテスクな場面の典型」として、この科白を『ハムレット』第五幕での墓掘人夫の会話場面や、『アントニーとクレオパトラ』で道化が女王にいちじくと毒蛇を持参する場面と並べているのだが（*Northrop Frye on Shakespeare*, Fitzhenry & Whiteside, 1986, p.95）、その三十年近く前の大著『批評の解剖』（一九五七）

では、この三場面を並べて、エリザベス朝の悲劇に名残をとどめる「半獣神《サテュロス》的対位法」(a satyric counterpoint) と名づけてもいた (Northrop Frye, *Anatomy of Literary Criticism*, Princeton Univ. Press, 1971, p.292)。なるほど「グロテスク」なること半獣神《サテュロス》のごとく、あるいは悲劇的でも喜劇的でもあったという古代ギリシアの「サテュロス劇」(satyricon) をも思わせる、この「対位法」的な「準対置」こそが、『文学論』で「仮対法」としてより精細な解析の加えられた劇作法なのである。ともあれ、先行する諸説を検討した上で展開される漱石独自の解析を、噛み砕いて要言すると以下のようになる。

「殺人の腥血《せいけつ》に次ぐに酔漢の囈語《げいご》を以てするは明らかに対置」だが、この「囈語」は「前段の鬼気を融和」するものではないから「緩和法」ではない。また「前段の鬼気」に反映して「滑稽的価値を高め」ることもないので「強勢法」でもない。この「狂語」の「諧謔」は、つまりは「前を顧み後へを望んで」、現在の暗澹とした雰囲気に「趣を添え陰鬱に味を附する一種の調和剤」のようなもので、この意味において「対置の実を有」しないのだと。

狂女オフィーリアの科白を笑う

ここから漱石はそもそも「解釈」とは何かという一般論に入る。「解釈」は「現象」を見る人の「着眼点」によって異なるもので、かつ「着眼点」は個々人の「経験」により異なるため、「吾人の現象に対する経験」は「吾人が経験により得たる惰性」に支配されている。そして「惰性」とは、門番の科白の場合には「凄愴の気、畏怖の念」であり、これが彼の言葉の「諧謔」に接すると、字義のままに滑稽と受け取るか、「惰性」を受けて「内部の消息」を求めるかというある種の二律背反、「正意反意の両面」の並立が発生する。

　このような「正意反意の両面」のうち、「一を挙すれば他は既に暗示となつて」脳裏に浸透するが、それは「彼等の性質が二極に偏在して彼是相反発する力強きによる」のだという。「凄愴」と「諧謔」のどちらが前景に出るとしても、それに「反発する」他方が後景にひそみ、「暗示となつて」観客・読者の無意識部分に浸透する、そのような「pseudo/quasi-contrast」（疑似対置）効果を狙う手法が「仮対法」なのだ。

　この議論に続けて『文学論』が持ち出す「仮対法」の例が、『ハムレット』第四幕で狂気にとらわれてしまったオフィーリアの科白である。漱石自身がかつてロンドンの小劇場でこれを鑑賞した際の経験として、「場中の書を読まず字を知らざるもの狂女の科白を聴いて笑を洩すこと一再に止まらず」ということがあったという。これは彼女の言葉を「正意に解釈して、滑稽の趣を其うちに発見」したもので、彼らにおいては「f′」が「fの一時的価値を低度に変」じて「緩和法」の効果を上げていたわけだ。

しかしながら、俳優の演技によっては、観客は笑うどころか大いに痛ましく感じることもありえたはずで、この人たちの「ｆ′」は「ｆの一時的価値を高度に変」じたのである。こちらでは「強勢法」が働いたことになるが、もしこの滑稽と痛ましさを同時に感じ、笑いかつ泣くならば、それは「ｆとｆ′と相待つて始めて新しきｆ″を生ずる」事態の現出であり、「仮対法」が「準対置」効果を発揮したものということになる。

「尼寺へ行け」の句、無量の感慨

「非常ノ凄味」を漂わせたオフィーリアの「狂態」、ひいては死の原因を作ったともいえるハムレットの方はどうなのかといえば、「狂態を身にまとう」と宣言して以降、彼の言うことなすことと「仮対法」またはそれに近い状況を現出させている次第で、その意味では「凄味」だらけの人物だ。仮対法的であることは「両面」を併存させていることでもある以上、評者によって「解釈」が分かれ、乱立したとしても無理はない。

漱石自身の「解釈」はどのようであったかをまず押さえておこう。たとえば「ハムレットの性格」と題された、やはり講義用のメモと見られる「断片18」（明治37、38年頃）には、右に見てきたとおり「突飛」とも見えるこの主人公が実は「頑愚一徹の人」などではなく、「versatile〔多芸多才〕ナル人」「融通のきく人」「固定せざる人流動せる人」であると論述されている。

ハムレットは「王に対シ、ホレシオニ対シ、母ニ対シ、又 Ophelia ニ対シテ其 mood ノ異ナル」男だが、それはつまり狂っていると見せかける相手と、地のままの自分を見せていい相手とで、いちいち心構えのスイッチを入れ換えるからでもある。この言動パターンが、たとえば一個の「突飛」な言葉も、狂気と滑稽の両要素が併存するという仮対法的な構造による「非常ノ凄味」を漂わせる、という見方である。

オフィーリアに向けた例の科白では「尼寺へ行け」が二度にわたって言われていたが、その後にもハムレットはまた二度ばかり、ほぼ同じ言葉をオフィーリアに投げかける。繰り返されるこの句に向けた漱石の書き込みは「此句無量ノ感慨ナリ　此句ヲ繰り返す所尤も姿致アリ」というもの。「無量ノ感慨」とまで言い、それを繰り返すのも「姿致」あってよいというのは、これまたかつて誰にも言われなかったのではないかと思わせる、独自色鮮明な批評だが、この特異な感度もまた、矛盾する「両面」の仮対法的な併存への漱石独自のアンテナのなせるわざなのだ。

つまるところ、オフィーリアがただの個人として存在するならば、ハムレットは彼女に対して狂気じみた言葉を吐く必要はなかったはずで、この場面での脈絡を欠いた罵倒には、発狂が現実だと思わせようという、立ち聞きするポローニアスを意識した狙いが背後にある。少なくとも漱石はそう読んでおり、この背景がオフィーリアには見えていないというドラマティック・アイロニーが、この後、一途な彼女を狂気へ、さらには死へと一直線に突き進ませてしまうという解釈なのだ。

オフィーリアを「ステルノデアル」

とはいうものの、ハムレットは、罵倒しながらオフィーリアの顔を見ないでもなかっただろうに、彼女の絶望を少しも予見できなかったのだろうか。できなかったのだとしても、彼女が自分の言葉を額面どおりに受け取ったことは明白である以上、『ロミオとジュリエット』（推定執筆年　一五九四～六）のロミオよろしく寝室へ忍び込んででも、真意を説明しておこうとは思わなかったのだろうか。

その形跡は、あったとしても「尼寺へ行け」と突き放す前のことである。第二幕第一場でオフィーリアがポローニアスに報告するには、だらしない格好で彼女の部屋に入ってきたハムレットが、無言のまま青ざめ震え、手首をつかんで大きく三度うなずくや、そのまま立ち去ったという。「まさしくこれは恋ゆえの狂気」とばかり、ポローニアスは娘を引っ張って王への報告に赴く。

ハムレットのこのふるまいは、自身の発狂を王らに信じさせる一方で、オフィーリアには真率な愛を伝えようという副次的な意図を伴っていたという解釈の余地を残す。だが、その場合も、「尼寺へ行け」と言い放った後のハムレットは、その愛より、亡父への義務としての復讐の意志を優先させる結果になったと読むしかないだろう。

少なくとも漱石がこの理解に立っていることは、帝大辞職後のものとされる「断片46（明治40、41年頃）」で、『オセロー』の主人公が若妻デズデモーナを罵倒する、相手にとってはやはり意味不明な科白と比較している部分から明らかである。そこで漱石は、ハムレットの言に「虚偽」があるとすれば、それは「自己ヲ隠ス為メデ消極的」なものだとして、こう書いている。

Ham. ノ Ophelia ヲ愛スルハ Othello ノ Des.〔デズデモーナ〕ヲ愛スルガ如クデアラウ。然シ Ham. ノハ他ノ duty〔義務〕ノ為ニ Oph. ヲステルノデアル。其ノウチニハ一種云フベカラザル forlorn〔孤独で哀れ〕ナ所ト邪見〔「邪慳」の誤記か〕ノ様ナ底ニ纏綿《てんめん》ノ情ヲ想見スルコトガ出来ル。

亡父に対して負う、新王クローディアスへの復讐という「他ノ duty」の優先により、オフィーリアを「ステル」のだ。しかしながら、その「邪見」な罵倒は、底部に「forlorn」な絶望感と恋愛的な「纏綿ノ情」もまた感知させる。とすれば、そこにも仮対法的な「黒／白」両立が見てとれるのであって、オセローが「Des. ヲ愛スル」場合の直情ぶりとは異なるのだという。

「ハムレット見た様な傑作」を口癖とした漱石の、この戯曲への絶大な評価の一焦点が「仮対法」の絶妙さにあったことはすでに明らかだろう。ただ、ここで対照されているオセローもまた、愛妻への憎悪を昂揚させていくのだから、こちらはこちらで、また様相の異なる「仮対法」があったのではないだろうか。その『オセロー』の解析には第四章で立ち入ることとして、その前に漱石の世界に立ち戻り、「仮対法」または仮対法的と称するに値しそうな場面や表現を、ひとわたり概観しておこう。

第三章　矛盾の多い男と女——漱石の仮対法

「倫敦塔」『それから』『門』『彼岸過迄』の仮対法

　シェイクスピアから学んだ、あるいは漱石自ら構築したものながら結果的にシェイクスピアのものに似ていった文学的な「手際」のうち、「成程趣味」については、第一章で『文学論』での解析を経て『明暗』で応用されたとおぼしい経路を推定することができた。それでは、検討の綿密さにおいて「成程趣味」以上であったように見える「仮対法」の方はどうだろうか。応用の経路まで明るみに出すことは難しいとしても、その使用例には事欠かないわけで、その一つが、すでに序章で解析した『こころ』の、新婚夫妻の墓参りの場面（下　五十一）ということになる。

　同様の「手際」の片鱗が『吾輩は猫である』第七回と、同月発表の「趣味の遺伝」に見えていることにも序章でふれたが、この「手際」は、実はその一年前、『猫』初回と同時にやはり『帝国文学』に載せた短編小説のデビュー作「倫敦塔」において、すでに意識されていた形跡がある。ロンドンに住んで、初めてこの「前世紀の記念」たる塔を見学すべくテムズ河畔まで来た「余」は、河越しに塔を眺める。と、その脳裏に様々な絵画的情景が連鎖する。

余はまだ眺めて居る。セピヤ色の水分を以て飽和したる空気の中にぼんやり立つて眺めて居る。二十世紀の倫敦がわが心の裏《うち》から次第に消え去ると同時に眼前の塔影が幻の如き過去の歴史を吾が脳裏に描き出して来る。〔中略〕暫くすると向ふ岸から長い手を出して余を引張るかと怪しまれて来た。今迄佇立《ちょりつ》して身動きもしなかつた余は急に川を渡つて塔に行き度《たく》なつた。長い手は猶々《なおなお》強く余を引く。

『猫』にも通ずるユーモラスな筆致で書き出された名所探訪記に、突如「過去」の世界から「長い手を出して余を引張る」という、何やらすさまじい出来事が出来する。これはこの後、塔内に入って歩き始めてからも再三発生してパターンともなるこの小説の「手際」であって、読者はそのたびに、観光客気分の「f」に凄惨な虐殺の歴史に立ち会う「f′」の侵入を受け、そこに「新しきf″を生ずる」ことになる。
「倫敦塔」の右引用部について、もし「f′」の恐ろしさが「f」より高い価値を導入していると読むなら、それは「強勢法」的な対置だということにもなりそうだが、それを言うなら、『マクベス』の門番の場合は逆に、恐怖の「f」が滑稽な「f′」で価値低下されるという意味で「緩和法」とも解釈できる。にもかかわらず漱石はこれを「前段の鬼気を融和」するものではないと見て「対置の実を有せざる」仮対法の代表的事例として挙げたのであるから、右にその一例を見た「倫敦塔」の「f′／f」パターンにも同様のことが言えるはずである。

『吾輩は猫である』で一般読者の歓迎を受けた漱石は、そもそもユーモラスな筆運びを身上としつつも、その軽快な文体に深刻な苦味が時折入り込みもする作家だった。「倫敦塔」もその好例であったわけだが、深刻さへの傾斜が増すのは、小説家デビューして一年半を経て『草枕』を仕上げたころからだ。「やめたきは教師、やりたきは創作」（高浜虚子宛書簡、一九〇六年九月一七日）、「死ぬか生きるか、命のやりとりをする様な維新の志士の如き烈しい精神で文学をやつてみたい」（鈴木三重吉宛書簡、十月二六日）、さらには「ハムレット見た様な傑作を書くんだ」との情念がいや増して、十月に「二百十日」、明ける一月に『野分』と、文体の軽快さは踏襲しながら、登場人物に重い哲学を語らせるという、やや不器用な結構の小説を発表した。

　新聞小説第一作『虞美人草』では作風がまた一変し、その終了からわずか二か月での急ごしらえとなった一種の〝聞き書き〟小説『坑夫』（『朝日新聞』連載予定だった島崎藤村の執筆が遅れたために漱石が穴埋めのようにして書いた）でまた一転したが、これを経て出てきた『三四郎』（一九〇八年）では、『猫』的なユーモアを復活させた文体に深刻な苦味を織り込んだ、一つの調和的世界を実現している。そして、その深刻さの強度を一段と増し、喜劇よりは悲劇に傾いた小説が『それから』（一九〇九年）だったということになる。

ただ、その『それから』にもなお、道化的人物が登場して喜劇的な息抜きをもちこんでいる。たとえば書生の門野や甥の誠太郎、友人の寺尾などがそれで、彼らはしばしば、その場を「惰性」的に支配しつつある深刻味を緩和する役割を負うている。あるいは、こちらは道化的ではないが、『彼岸過迄』（一九一一年）の「須永の話」で継続される「恋か愛か人情かの旋風《つむじかぜ》に狂ふ」かのごとき深刻で執拗な心理的葛藤の幕間《まくあい》に描写される、素朴にして清楚、思い悩むことなど何一つないように見える「一筆がきの朝貌の様な」（二十九）小間使いの作《さく》。この「対置」パターン（二十六、三十二）もまた純然たる「緩和法」でなく、緩和法寄りの仮対法と見てよいが、そのゆえんは、あの須永の「一つ刺激を受けると、其刺激が夫《それ》から夫へと廻転して、段々深く細かく心の奥に喰ひ込んで行く」という「内へとぐろを捲《ま》き込む性質《たち》」（松本の話　一）の残像が、その間も無に帰すことはなく、読者の意識に暗示として持続することである。

この両作にはさまれた『門』（一九一〇年）では、むしろその逆の、強勢法寄りの仮対法が効果を上げている。主人公の宗助は、友人の妻を奪ってしまうという『それから』の代助とほぼ同じ経験をし、その暗影を引きずっているという設定だが、正月の七日に大家の坂井の家に呼ばれてしばらく歓談する。その場に降って湧くこの経緯など、物凄い「準対置」の好例といってよかろう。

　モンゴルで事業している弟が明後日ここへ来るから同席しないかと坂井が言いだし、

「御出になるのは御令弟丈ですか」と宗助が尋ねる。

「いや外《ほか》に一人弟の友達で向《むかふ》から一所に来たものが、来る筈になつてゐます。安井とか云つて私はまだ逢つた事もない男ですが、弟が頻《しきり》に私に紹介したがるから、実はそれで二人を呼ぶ事にしたんです」

宗助は其夜蒼い顔をして坂井の門を出た。　（十六の五）

「安井」は昔、宗助が妻を奪ってしまった友人の、願わくは記憶から消えてほしい名前である。弟の小六を書生として家に置くという好意ある申し出をしてくれた、親切で陽気な坂井の人徳のおかげで久々に明るく輝いていた宗助の顔が、これで「蒼い」ものへと急変する。隠れた文脈が出て来ることによる一転である。

「成程趣味」の場合と同じで、これらを書く際の漱石にシェイクスピアが意識されていたという確証はない。ただ、この叙法において仮対法的な効果――矛盾する「f」と「f′」の併存による「新しきf″」の発生――が上がっていることは打ち消しがたい事実だろう。この「手際」がすでにシェイクスピアを意識しない、漱石固有の書き癖のようなものになっていたのだとしても、その書き癖がシェイクスピアの読みこみなしに培われたとは、いささか考えにくいのだ。

仮対法的に書かれた文章

時に緩和法寄りとなり、時に強勢法寄りともなる漱石文学の「仮対法」場面はまだいくつも挙げていくことができるが、すべてを見ていく余裕はないので、ここでは、場面でなく文、またはその連なりとして、矛盾する「f」と「f′」の併存による「新しきf″」の発生という仮対法的な効果が、付着する「f」よりむしろ「F」自体の直叙によって上げられている例をいくつか拾い上げておく。

此四五日は掌に載せた賽《さい》を眺め暮らした。今日もまだ握つてゐた。早く運命が戸外《そと》から来て、其《その》手を軽く敲《はた》いて呉れれば好《い》いと思つた。が、一方では、まだ握つてゐられると云ふ意識が大層嬉しかつた。

『それから』（十四の一）

不思議な事に、其翻弄される心持が、自分に取て不愉快であるべき筈だのに、却て愉快でならなかつた。〔中略〕自分は平生から（ことに二人で此和歌山に来てから）体力や筋力に於て遥《はるか》に優勢な位地に立ちつゝも、嫂《あによめ》に対しては何処《どこ》となく無気味な感じがあつた。さうして其無気味さが甚だ狎れ易い感じと妙に相伴つてゐた。

『行人』（兄　三十八）

彼は出来るなら自分の未来に関はるやうな所作を避けたいと思つた。然し頑固な彼の半面には至つて気の弱い煮え切らない或物が能《よ》く働きたがつた。

『道草』（七十四）

思ひの外《ほか》に浪漫的《ロマンチック》であつた津田は、また思ひの外に着実であつた。さうして彼は其両面の対照に気が付いてゐなかつた。だから自己の矛盾を苦にする必要はなかつた。

『明暗』（百七十三）

主人公の心の一面とその裏に隠れていた「反面」とを、あたかも手のひらを返すように、交互に、あるいは同時的に「準（疑似）対置」しているという意味で、これらの文章を仮対法的と称することは許されるだろう。そしてこのような「黒／白」両面の矛盾的並立が、語り手を兼ねる主人公の口から、一人称の自省的な言葉として出てくる場合もある。

斯《こ》う云つても人には通じないかも知れないが、僕は意地の強い男で、又意地の弱い男なのである。

『彼岸過迄』（須永の話　十三）

私の心は沈鬱でした。鉛を呑んだやうに重苦しくなる事が時々ありました。それでゐて、私の神経は、今云つた如くに鋭どく尖つて仕舞つたのです。

『こころ』（下　十二）

「矛盾の多い男」の「潜伏」理論

これらと構造的に似る心理描写としては、「かう云ふ空の下にゐると、心が重くなるが気は軽くなる」（『三四郎』五の八）とか、「姉の家へ来た時、彼の心は沈んでゐた。それと反対に彼の気は興奮してゐた」（『道草』二十四）とか、まだいくつも挙げられそうだ。また右の『明暗』の文で主人公が「気が付いてゐなかつた」類の「矛盾」が積極的《ポジテイヴ》に自覚されている場合もある。「彼女から斯《こ》う云はれた僕の胸に、一種の嬉しさが閃めいたのは、口と腹と何《ど》う裏表になつてゐるかを曝露する好い証拠で」云々（『彼岸過迄』須永の話二十三）はその好例だし、三四郎のこの「矛盾」だらけの思念はよく知られるところだ。

> やがて、小さな声で「矛盾だ」と云つた。大学の空気とあの女が矛盾なのだか、あの色彩とあの女が矛盾なのだか、あの色彩とあの眼付が矛盾なのだか、あの女を見て、汽車の女を思ひ出したのが矛盾なのだか、それとも未来に対する自分の方針が二途に矛盾してゐるのか、又は非常に嬉しいものに対して恐を抱く所が矛盾してゐるのか、――この田舎出の青年には、凡て解らなかつた。たゞ何だか矛盾であつた。
>
> （二の四）

心内に覚知される「矛盾」を積極的《ポジテイヴ》に言葉にしていく志向が漱石に一貫していたことはすでに明らかだろう。そのことは、『三四郎』開始五か月前に「小説になつてゐないんでも分る」（九十六）という自己言及で閉じられた反小説的小説『坑夫』の、随所に織り込まれた「矛盾」の哲学からも見て取れる。

「自分はよく人から、君は矛盾の多い男で困る〳〵と苦情を持ち込まれた事がある」が、「是《これ》が自分の本色なんで、人間らしい所は外《ほか》にありやしない」と主人公は開き直る。なぜなら「人間の性格は一時間毎《ごと》に変つて居る。変るのが当然で、変るうちには矛盾が出て来る筈だから」（三十四）。そしてその根拠として彼はこういう「理論」を立ててもいる。

病気に潜伏期がある如く、吾々の思想や感情にも潜伏期がある。此の潜伏期の間には自分で其の思想を有《も》ちながら、其の感情に制せられながら、ちつとも自覚しない。又此の思想や感情が外界の因縁で意識の表面へ出て来る機会がないと、生涯其の思想や感情の支配を受けながら、自分は決してそんな影響を蒙つた覚がないと主張する。其《そ》の証拠は此《こ》の通りと、どし〳〵反対の行為言動をして見せる。が其の行為言動が、傍《はた》から見ると矛盾になつてゐる。（十五）

つまり「白」と見えていた人が一転して「黒」くなって「矛盾」と見えるのは、もともと「潜伏」していた「黒」が「外界の因縁で意識の表面へ出て来た」にすぎないというのだ。「外界の因縁で」云々が漱石自身の持論と重なることは後段（第九章以降）で明らかにしていくことになるが、ともかくここには漱石の肉声を聞いてよい。

矛盾した両面を我の一字で貫く

ところで世の中には、このように「潜伏」していた裏面が浮上することで「矛盾した」人となるのではなく、はじめからその両面を十分に意識しながら時に応じて使い分けるタイプの「矛盾した」人もいるらしい。その典型として造型されたように見える女性が『虞美人草』の藤尾である。

「えゝ」と素気《そつけ》なく云ひ放つ。極めて低い声である。答を与ふるに価せぬ事を聞かれた時に、――相手に合槌を打つ事を屑《いさぎよし》とせざる時に――女は此法を用ひる。女は肯定の辞に否定の調子を寓する霊腕を有してゐる。

（十一）

「肯定」をもって「否定」する、それ自体仮対法的とも称しうるこの「霊腕」の所有者は、小野さんの小夜子との睦まじい場面を目にして恥辱を感じてからは、その小野も、またその場面を仕組んだと藤尾が決めつけている兄欽吾とその親友宗近も「どうしても詫《あやま》せなければならぬ」と考える。

　小野は全然わがもので、調戯面《からかひづら》にあてつけた二人の悪戯《いたづら》は何の役にも立たなかつた、見ろ此《この》通りと親しい所を見せつけて、鼻をあかして詫せなければならぬ。藤尾は矛盾した両面を我の一字で貫かうと、洗髪の後《うしろ》に顔を埋めて考へてゐる。　（十二）

　連続性がまるでないようにも見える『虞美人草』と『坑夫』だが、つながりは実はあるのだ。藤尾が抱え込みながら客観視できずにいた「矛盾した両面」を、いわば空中浮遊して自ら観察していたのが、『坑夫』の「自分」である。「君は矛盾の多い男で困る〳〵と苦情を持ち込まれ」ながら、それは「当然だ」と彼は開き直るが、藤尾も漱石に殺されなかった場合は、同様の主張を始めてもおかしくなかったのである。

第四章　悪魔は暗示《サジェスト》する――『「オセロ」評釈』を読む

「感じのわるい」傑作

漱石の『オセロー』研鑽が熊本の五高時代以前にさかのぼることは、寺田寅彦の追悼歌も示していたとおりだが、その評価は必ずしもつねに称讃一方であり続けたわけではない。黒人将軍と白人の美人妻の命運を描くこの悲劇への漱石の評価もまた「黒／白」両面を抱えていた。『「オセロ」評釈』の漱石はそのことを遺憾なく語りだしているのだが、その「黒い」方面には、前章でふれた中編小説『野分』と同じ一九〇七年一月に発表された評論「作物の批評」にも言及がある。

そもそもシェイクスピアの戯曲には「頗《すこぶ》る乱暴な所があ」って、アリストテレス以来の「必要要件」とされてきた「劇の三統一」を破るなどは序の口で、「たつた五六行」の「一段《シーン》」がいくらでも連鎖していくなど、「齣幕《せつまく》の組織に於て明らかに比例を失してゐる」戯曲が少なくない。その例として『ヴェニスの商人』（推定執筆年 一五九六〜八）についで『オセロー』を挙げ、「読んで決して好い感じの起るものではない。不愉快である」とした上で、こう述べたのである。

もし感じ一方を以てあの作に対すれば全然愚作である。幸にしてオセロは事件の綜合と人格上の発展が非常にうまく配合されて自然と悲劇に運び去る手際がある。読者は夫《それ》を見ればいゝ。

つまり「感じ一方」で鑑賞するのではなく、「自然と悲劇に運び去る手際」を読めば面白い。これすなわち『文学評論』「序言」で唱えていた「批評的鑑賞」の態度である。その「手際」の解明に入る前に、まず、「不愉快」な「愚作」であるとする理由の方を探っておこう。この四月にめでたく朝日新聞入社を果たした漱石の最初の仕事は、講演「文芸の哲学的基礎」（その筆記が二十七回にわたって連載された）だったが、そこでも『オセロー』のこの「不愉快」さにふれてこう述べている。

> 事件の発展や、性格の描写は真を得て居りませう、私も二三度講じた事があるから、其辺はよく心得て居る。然し読んで仕舞つて如何《どう》にも感じがわるい。悲壮だの芳烈だのと云ふ考へは出て来ない。只妙な圧迫を受ける。ひまがあつたら、此感じを明瞭に解剖して御目にかけたいと思ふが今では、そこ迄に頭が整ふて居りませんから一言にして不愉快な作だと申します。（第十八回　現代文学者の理想（三）——真に対する理想の偏重）

これに続けて漱石は「沙翁の批評家があれ程あるのに、今迄なぜ此の事に就いて何も述べなかつたか不思議」だが、それは「必竟ずるに只真と云ふ理想丈を標準にして作物に対する爲だらう」と推論している。

フォールスタッフと「善悪の抽出」

そもそも「現代文学者の理想」を論じながら話が『オセロー』に飛んだのは、こういう流れからだった。いわく、文芸における四種の「理想」――美・真・道義・荘厳――は「互いに平等な権利を有して、相冒すべからざる標準である」（第十五回）はずのところを、現代文学では「真」が横行するあまり、「他の理想を打ち壊して居る」ものが隆盛である。特に目につくのは道義的な「理想」を破壊した作品で、これを「面白い」ともてはやす人がいる。その一例としてモーパッサンの短編の筋を紹介してから、こういう作品に接すると、少なくとも自分は「善悪の抽出」が「うまく行はれない爲めに不快を感ずる」とし、同様に「善悪の抽出」の困難さゆえに「不愉快」な「感じ」の残るものとして、『オセロー』が言及を受けたのである。

「善悪の抽出」というのは、第二章で見た『文学論』のいわゆる「除去法」のうち、「善悪の観念」を除去して読むことで作品中の悪事・悪人を愉快に鑑賞してしまう仕方、またそれを可能にする作者の技巧を指す用語である。その説明のために漱石が挙げている例が、やはりシェイクスピアの『ヘンリー四世』第一部（推定執筆年　一五九六）・第二部（同　一五九六〜八）の登場人物フォールスタッフ。この自堕落な太っちょの騎士が『ウィンザーの陽気な女房たち』（同　一五九六〜八）に再登場することになったのは、彼をいたく気に入った女王エリザベス一世から「この男に恋をさせよ」とのお達しがあったからだという伝説もある。無責任な卑怯者ながら憎めないこの男の科白をいくつか引用した上で、漱石はこう指摘する。

> 吾人若《も》し現実の世にかゝる型の人間を目撃することあらば必ず道義の念に制せられて到底これを寛容し得るの余裕を有せざるべし、仮令《たとい》紙上に於て紹介せらるゝにせよ、其表出法にして宜しきを得ざらんか遂にこれを擯斥《ひんせき》するの已《やむ》を得ざるに至るなきを保せず。されど沙翁の描出せるFalstaffに対する時は誰人も暫く堅苦しき道徳情緒の支配を離れ無邪気なる滑稽情緒に耽るの尤も自然なるを発見すべし。
>
> （第二編第三章「fに伴う幻惑」）

フォールスタッフに接する観客にはなんの障害もなくできてしまう「善悪の抽出」すなわち「堅苦しき道徳情緒の支配を離れる」ことが、右記のモーパッサン作品や『オセロー』では「うまく行はれない」。それは「其表出法にして宜しきを得ざらん」がゆえだろうというのである。

自然と悲劇に運び去る手際

「感じ一方を以てあの作に対すれば全然愚作」とまで酷評したことの背景にはこの要因があったわけだが、そうではあっても、『オセロー』を一傑作と認めるに漱石もやぶさかではない。その評価のポイントは、「作物の批評」で述べたとおり、「事件の綜合と人格上の発展が非常にうまく配合されて自然と悲劇に運び去る手際」という方法的側面にあった。

　ともかく、「二三度講じた事がある」という、その一回は熊本、他は東京でのことだったはずで、帝大着任二学期目の九月以来、『マクベス』『リア王』『ハムレット』『テンペスト』と続けてきたシェイクスピア講読の第五弾に『オセロー』が選択されたわけである。「四大悲劇」中のしんがりとなったのは、「感じがわるい」ことから敬遠したい思いも関与したのかもしれない。ともかく、一九〇三年には川上音二郎一座が『正劇・オセロ』（江見水蔭翻案）を上演してもおり、日本の世情からしても無視しがたい戯曲ではあった。

さて、幸いなことに、私たちはこの『オセロー』講義を、受講していた野上豊一郎と小宮豊隆のノートをもとに編集された『「オセロ」評釈』※8の形で読むことができる。なお講読の時期については、最初に雑誌掲載された野上のノートでは一九〇五年九月開始とされていたものを、後出しの小宮が「〇五年一月開始・同年十月完了」と訂正した。荒正人編『増補改訂　漱石研究年表』（集英社、一九八四）も小宮説を採るが、この期間の漱石は、すでにふれたとおり、『吾輩は猫である』の連載を続けながら、『坊っちゃん』、『草枕』でさらに株を上げ、「彼が文名は漸く一世を圧せんと」していた。

戯曲全幕の精細な語釈のかたわら、「自然と悲劇に運び去る手際」の一つひとつに入り込み、その一方で例の「感じがわるい」ことの淵源探求にも及ぶ。そのところどころに顔

※8　一九三〇年五月に野上による単行本『漱石のオセロ』（鉄塔書院、一九三〇年五月）が刊行されると、小宮は同年十～十二月の『英語青年』に「漱石先生の〝Othello〟」を六回にわたって掲載し、三五年十月にはそれらをまとめた「漱石先生の『オセロ』」を含む単行本『漱石襍記』（小山書店）を刊行した。全集所載の『「オセロ」評釈』は、野上の筆記を主体とし、小宮によるものを〈〉で囲んで加える編集となっている。

を出す、独自の解釈や雑談めいた感想の集積は、すでに作家としての技量に自信をつけていた漱石が、かの文豪に対等の視線を送り、遠慮なく投げかけたくろうとらしい批評ともなっている。

自らイアゴーになれる人

とりわけ圧倒的な力をもって迫るのが、悪役イアゴーの造型への讃嘆である。第二幕に入ってイアゴーが暗躍するたびに、漱石はこんなふうに話した。

Shakespeare は Iago を conceive〔構想〕し得る人である。彼は一変すれば自ら Iago 位になれる人である。それほど conception〔構想力〕の大きい人である。余には Iago の如きことは出来ない。良心の為に出来ないのではなく、intellectually〔知的〕に出来ない。

（第一場）

Shakespeare が Iago を作ったのを以っても Shakespeare の intellectually にえらかったことがわかる。我我は恐怖からやった小悪をごまかして善の如く見せかけることがある。

Iagoは冷酷に大悪を為し得て、それを善の如く装う手際を持つてゐる。一方から見れば大いにえらい。

〔中略〕

Iagoよりもっとperfect〔完璧〕なrefine〔洗練〕された悪党を書いて、善人だか悪人だか分からないやうな、表面だけを見ると立派な善人で、然も一面大悪人であるといふやうな性格をかいて見たら面白いだらうと思ふ。自分はさういふ人間が確に世の中にはゐると思ふ。（第三場）

イアゴーほど「洗練」された「大いにえらい」悪党を構想しえた劇作家は、そのご当人もまた、ただ実行に及ばないだけで、やろうと思えばイアゴー並みの「大悪人」になれる人間であるはずだと。漱石講義のほんの二年前に出ていたA・C・ブラッドリーの『シェイクスピアの悲劇』（一九〇四。漱石蔵書になし）でも、「悪党」イアゴーの造型が絶讃されている。イアゴーは「知性〔intellect〕」と「意志」において「偉大」であり、「たんに行為の人であるばかりでなく、一個の芸術家」なのでもあって、「シェイクスピアは自分自身の大量の部分をイアゴーに注ぎ込んだ」のだという。「イアゴーのような悪と最高度の知性との結託はありえないフィクションだが、シェイクスピアのフィクションは真理なのだ」とも（A.C. Bradley, *Shakespearean Tragedy*, 1919, Macmillan, pp.219-37）。

「イアゴーは、オセローがそうでないところのあらゆるものだ」(He is everything, we know, Othello is not) と穿《うが》って見せたのは哲学者スタンリー・カヴェルだが (Stanley Cavell, *Disowning Knowledge in Six Plays of Shakespeare*, 1987, Cambridge University Press, p.136)、この卓抜な修辞《レトリック》を、新歴史主義《ニュー・ヒストリシズム》に立つ研究者スティーヴン・グリーンブラットなら、「感情移入〔empathy〕」すなわち「自分を相手の状況〔situation〕に置いて見る能力」そのものをシェイクスピアは「イアゴー」と呼んだのだ、と開くかもしれない(Stephen Greenblatt, *Renaissance Self-Fashioning : from More to Shakespeare*; 1980, Univ. of Chicago Press, 2005, p.225)。つまりイアゴーは、オセロー自身に見えていないオセロー内部のすべてを見透かし、そこへ自身を投入しうる人物として造型されているようなのだ。

『オセロー』展開の見取り図

さて、批評家たちのこれら鋭利な言葉たちも、劇中でイアゴーが何をするかが頭になければ入ってきにくいだろうから、この悲劇の、特にイアゴーの暗躍に光を当てた展開見取り図を次頁に掲げることにしよう。

不案内な読者のために簡単な人物紹介から始めると、最左のオセローはヴェニス公国のムーア人将軍（モーリタニア出身）で、キャシオーはその副官、デズデモーナはオセローと駆け落ち同然に結婚したばかりの美貌の若妻（有力貴族ブラバンショーの娘）、エミリアはイアゴーの妻で第二幕からデズデモーナの侍女を務める女、ロダリーゴーはイアゴーの友人で以前からデズデモーナに恋慕していた金持ちの男、そしてイアゴーはオセローに仕える旗手（副官に次ぐ地位）。

開幕当初はヴェニスにいたこれらの人物がまるごとキプロスに移動して、第二幕以降はそこで劇が進行する。図では各人物から出て下に向かう破線によって各自の時間的推移を示し、劇的展開のほとんどの原因をなす「悪役」イアゴーの言動を、最右の破線から伸びる何本もの横線によって表す。その下の（　）内の①～⑧は、その言動の大意、【　】内はイアゴーの狙いどおりに発生していく事件の連鎖をやはり要約的に示している。

『オセロー』進展図

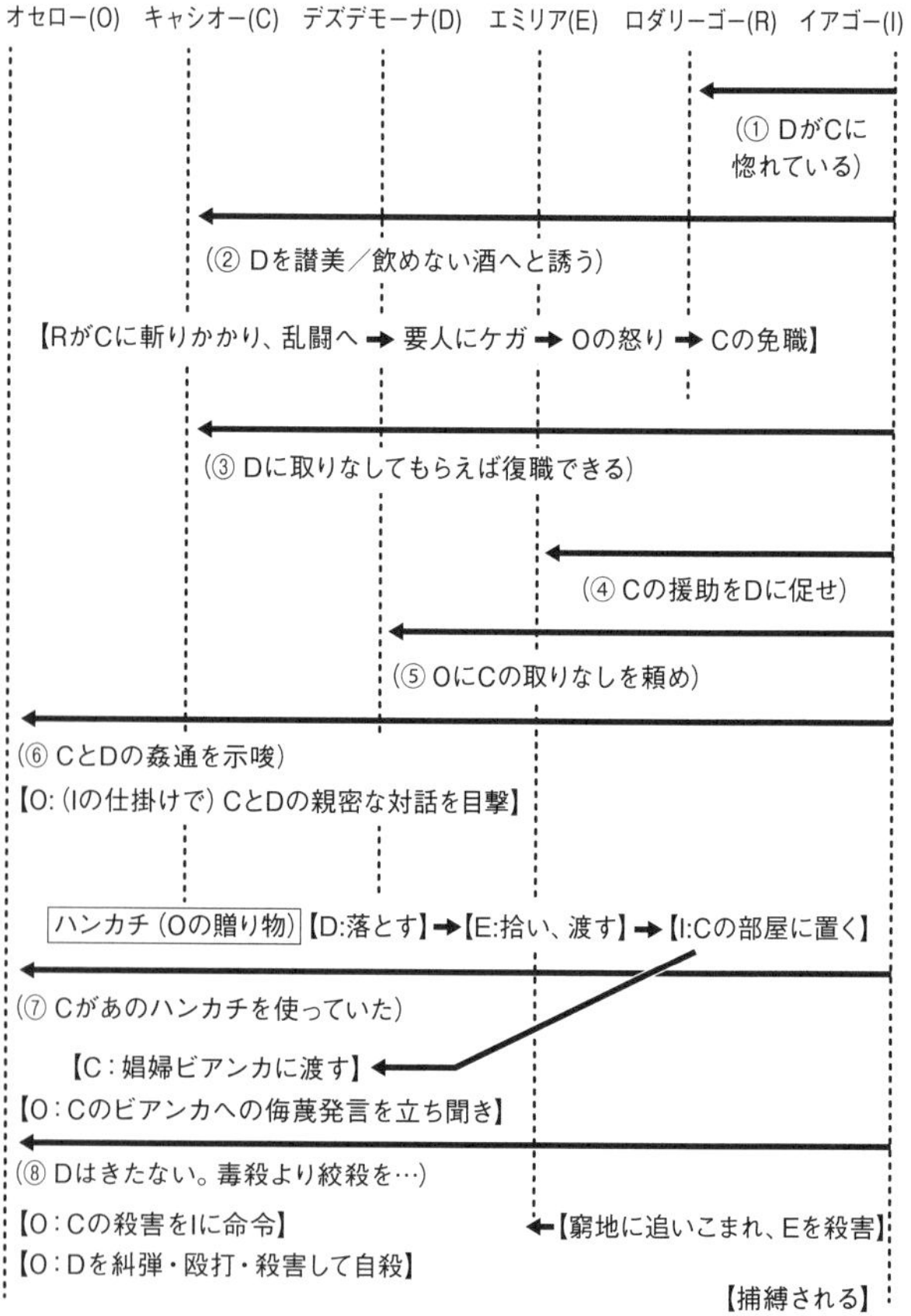
オセロー(O) キャシオー(C) デズデモーナ(D) エミリア(E) ロダリーゴー(R) イアゴー(I)

(① DがCに惚れている)

(② Dを讃美／飲めない酒へと誘う)

【RがCに斬りかかり、乱闘へ➡要人にケガ➡Oの怒り➡Cの免職】

(③ Dに取りなしてもらえば復職できる)

(④ Cの援助をDに促せ)

(⑤ OにCの取りなしを頼め)

(⑥ CとDの姦通を示唆)

【O:(Iの仕掛けで) CとDの親密な対話を目撃】

ハンカチ(Oの贈り物)

【D:落とす】➡【E:拾い、渡す】➡【I:Cの部屋に置く】

(⑦ Cがあのハンカチを使っていた)

【C:娼婦ビアンカに渡す】

【O:Cのビアンカへの侮蔑発言を立ち聞き】

(⑧ Dはきたない。毒殺より絞殺を…)

【O:Cの殺害をIに命令】

【窮地に追いこまれ、Eを殺害】

【O:Dを糾弾・殴打・殺害して自殺】

【捕縛される】

悪魔は天使の姿でsuggestする

さて、この図で右から左へと横に走る、八本の矢の意味を最もよく表現する動詞は何かといえば、それは〝suggest〟（暗示する）であり、第二、三章で「仮対法」を説くにあたって、「f」が前に出れば「f′」が「暗示として」背後に持続するなどとしてきた、その「暗示」にほかならない。

まずこの〝suggest〟の語を含むイアゴーの科白を見ておこう。副官の地位を剥奪されて落ち込むキャシオーに、イアゴーは「デズデモーナこそが事実上の将軍（オセローは彼女の言いなりだから）なのだから、復職するには彼女に取り入るのが一番だ」と〝suggest〟する（右図の③）。その直後、キャシオーを見送って「さてと、俺が悪役を演じてるなんていうのはどこのどいつだ？　俺の気前のいい忠告は真っ正直なものだ」と始める長広舌の一部にそれが出てくる。

やつ〔オセロー〕の魂は女の愛にがんじがらめになってるから、
生かすも殺すも女の意のままだ、
抱きたい欲しいの一念がやつの神になり

頭の働きを鈍らせる。だとすれば、この俺が悪党なもんか、
キャシオーの相談に乗り、あいつと俺の共存共栄の道を
教えてやったんだからな。これが悪魔の神学だ！
悪魔が真っ黒な罪を仕掛けるときは、
まず天使の姿をとって誘うもんだ、
いまの俺がそうだ。

（第二幕第三場）

左から二行目、「誘う」と訳された動詞が〝suggest〟であり、それについて記録された漱石の語釈は「suggest = tempt」のみだが、実際の講義ではもう少し解説があったかもしれない。そのあたりを『シェイクスピア語彙辞典』（C. T. Onions, *A Shakespeare Glossary*, Oxford University Press, 1953）で補っておくと、第一義は「to prompt（a person）〔（人を何かに）促す、駆り立てる〕」で、第二義として「to tempt, lead astray〔誘惑する、正道を踏み外すよう導く〕」とある。ちなみに名詞形の〝suggestion〟の第一義は、ズバリ「prompting or urging to evil, temptation〔悪への促しまたは駆り立て、誘惑〕」とされており、第二義は「（?）'crafty dealing'〔悪賢い行動〕」とある。

漱石が「この suggest は tempt の意味だ」の一言で済ませたのであれば、それはまさに第二義の方を採ったということになるが、第一義を採ったのだとしても大きな違いはない。〝suggestion〟の第一義として「temptation〔誘惑〕」が掲げられていることがよく示すとおり、〝suggest/suggestion〟が善い（正道に則ったものと見られる）行為の表現に用いられた例は、シェイクスピアの時代には見いだし難いようなのだ。

「暗示する、示唆する、提案する」など広範囲かつニュートラルに多用される現代英語の用法は、そこから大きく変遷してきたものなのである。前掲の進展図で用いている〝suggest〟は、漱石の用法にもとづくもので、したがって、現代の用法に近いものとして受け取ってかまわないのだが、善い行為を表す動詞ではないという、この語の「F」（焦点的印象）に古くから付着していた情緒「f」の残響を聴き取ることもまた可である。

ともあれ、自らを「悪魔」に重ね合わせるイアゴーは、このような〝suggestion=temptation〟を次々にささやいて、いずれも狙いどおりの成果に結びつけてしまい、かくしてあの凄愴なる「女房殺しの場」が着々と準備されていく次第だ。

緑色の目をした化け物

漱石が称讃した「自然と悲劇に運び去る手際」を劇中で進める人物――すなわち「彼は一変すれば自ら Iago 位になれる人である」を受けて言えば、シェイクスピア自身の代行人――は、イアゴー以外にない。たとえば進展図の⑥での彼は「ああ、用心なさい、将軍、嫉妬というやつに。こいつは緑色の目をした化け物だ」というこの劇でいちばん有名になった科白を吐き、さらに、自分はヴェニス女の気性をよく知っているけれども、その一人にほかならない奥様も、そもそも「ご自分の父親をだまして結婚なさった方ですよ」と、オセローが意識の外に追いやっていた急所を突く。だから今、キャシオーとできていても驚くことではない……と〝suggest〟を続けるのだ。

オセロー　だがどうして自然の情を踏み外してまで――

イアゴー　そう、そこですよ、つまり遠慮なく申しますが、
沢山の申し込みがあったのにお気に召さなかった、
みんな国も肌の色も身分も同じだから
どこからどう見てもそちらになびくのが自然なのに――

へッ！　誰だってただれた情欲の臭いを嗅ぎつける、
気持ちが歪んでいるし、考え方も不自然だ。
いや、失礼しました、私は別に奥様がそうだと
言ってるわけじゃありません。ただ、心配なのです、
奥様がまともな分別を取り戻したとき、
閣下と国の男たちの姿かたちを比べ合わせ
ひょっとして後悔なさるのではないかと。

オセロー　もういい、もういい。

（第三幕第三場）

こうしてオセローはイアゴーの誘導にまんまとはまり、それこそ彼が「緑色の目をした化け物」にたとえるところの「嫉妬」のかたまりになっていく。だが、まだここでは妻の不貞を確信するには至っていない。そのあやふやな心中を完全に見透かしているイアゴーの科白は、オセロー内部の「白」――デズデモーナへの信頼――と黒々とした「緑」――不貞への疑惑――との両面を交互に刺激する、狡猾な技巧を満載している。

例の「f」（焦点的印象「F」に付随する情緒）をもって表現すれば、妻への信頼に固

着する「f」とそれを壊しにかかる刺激的「F′」に伴う「f′」がオセローの中で目まぐるしく交替し、結果的に重なり合って「f″」を醸成する。そのように誘導するイアゴーの科白は、それ自体、完璧な「仮対法」をなしているが、それが的を射てしまうのは、オセローの心理がそれ自体ですでに仮対法的であったからだとも言える。

オセロー内部の「白」（f）と「黒＝緑」（f′）との「準対置」においては「f′」が徐々に力を強め、やがて「f」を圧倒してしまう。ところで、そこに至るまでに作者はまだいくつもの「手際」を繰り出すのであって、その中核をなしてくるのが、デズデモーナのハンカチの紛失・移動をめぐってイアゴーがでっちあげる事実である。赤い苺の刺繍の入ったこのハンカチは、もともとオセローからの贈り物として彼女が大事にしていたもので、それをつい落としてしまったことから、人から人へと受け渡されて、そこに一つの挿話（物語内の物語）が構成される。その物語が事実として突きつけられることで、デズデモーナの姦通というオセローの疑惑は確信に変わっていくという次第だ。

ハンカチの移動という「小刀細工」

ところで、「悲劇はハンケチに始まつてハンケチに終る」（第四場でのコメント）と自ら評したこのストーリー展開に、しかし、漱石は苦言を呈してもいた。

> 元来ハンケチフとか手拭とか扇とか、さういつた小さい circumstance〔付随的状況〕が元となつて事件が発展するなども必ずしも悪くはないが、chance〔偶然的可能性〕の少ないことを原因とするから、事がきはどくなる。小刀細工的になる。斯《こ》んなことがShakespeare の長所ではない。それよりは寧ろ心の成行から事件が発展する方が第一不自然でなく、見てゐて愉快である。（第三場）

ただ、ここでも「必ずしも悪くはない」と留保しているとおり、この種の仕掛けを全面的に否定したわけではなく、のちにまたハンカチの出る場面では「全体から截り離して、是だけとして取り上げて見ると、いかにも romantic〔ロマン主義的〕で面白い」との評価も与えることになる（第四場）。たとえば『三四郎』の美禰子が池のほとりで「白い花」を落とすのは故意であって「偶然」ではないとしても、その場に三四郎が居合わせたことはあくまで「偶然」だろう。三四郎がこの花を拾い上げて嗅ぐこと（二の四）がその後の女による男の吸引を暗示しているのだとしたら、まさに「romantic で面白い」象徴的な細工の一つではないだろうか。

だから「悪くはない」のだが、それに重きを置くよりは、「心の成行」を動力として「事件が発展する」展開の方が「自然」であり、読んでいて「愉快」だと漱石は言うのだ。「intellectually にえらい」と脱帽するシェイクスピアへの微妙な違和感がここに浮上している。つまり、芸術としてどちらをよしとするかはさておき、ストーリー展開の動力として登場人物の「心の成行」あるいは「動機」を重視する姿勢において、漱石はシェイクスピアより多少頑固だったように見えなくもないのだ。

そのあたりは後段で徐々に明らかにしていくが、ともあれ、オセローが妻の姦通を確信するまでには、イアゴーによる何段階もの「手際」があった。その途次にはイアゴーの方が疑いを招いてしまう局面もあって、オセローの心は真っ二つに切り裂かれる。

本心を言おう、
俺は妻が貞節だと思い、そうではないと思う、
お前が正しいと思い、そうではないと思う。
何か証拠がほしいのだ。月の女神ダイアナの面《おもて》のように

清らかだった妻の名が、いまは俺の顔のように
黒くすすけてしまった。縄か短剣はないか、
毒薬か火か息の根を止める流れはないか、
このままでは耐えられない。すっきりさせてほしいのだ！
（第三幕第三場）

デズデモーナについてもイアゴーについても、信頼と疑惑に引き裂かれ、矛盾・対立する「f／f′」にからめとられ、「f」と「f′」が併存して身動きがとれないという仮対法的な袋小路に、オセローははまり込んでいる。最終行の「このままでは耐えられない〔I'll not endure it〕」への漱石の語釈は「すぐ殺してやる」で、それへのコメントとして「是はOthelloの心の乱れてゐる所を現はしたと言へば言へない事もないが、然しこの言葉は、前に言つた言葉と辻褄が合はない」とも注文をつけている。「前に言つた言葉」とはおそらく「俺は妻が貞節だと思い」、その「証拠がほしい」と言っている部分を指すもので、まだその「証拠」を手にしていないのに「すぐ殺してやる」というのは「辻褄が合はない」というのだろう。つまり、「証拠がない」という「惰性」的心理と「このままでは耐えられない」という新しく盛り上がった焦燥との矛盾的「準対置」がここでまた一つの仮

対法的構造をなしている次第だ。

逆上しながら理窟を言う

ともかくこのようにして、イアゴーは思惑どおりオセローからキャシオー殺害の命令と新副官への任命を引き出し、オセローはデズデモーナにあのハンカチを出して見せろと執拗に迫る。ところが、そのハンカチはイアゴーによってひそかにキャシオーの部屋に移し置かれており、キャシオーはそれが誰のものとも知らぬまま、関係をつけている娼婦のビアンカが来ると、「この模様が気に入ったので、写してくれないか」と渡して帰らせて、第三幕が閉じられる。

続く第四幕はいきなり刺激的である。イアゴーは、出てくるやいきなりオセローに、（一応は一般論として）「こっそりキスしたら?」とか、「素っ裸で仲のいい男と一時間かそこらベッドで寝て、でも悪い事をする気はないとしたら?」とかと言いだすのだが、これらはすべてオセローの耳にはデズデモーナのこととしてしか入ってこない。スリリングなこの展開についての漱石のコメントは「Iago は表面 Desdemona を弁護する態度を取り、その実 Othello の感情を興奮させようとする」というもので、これもやはり二極が並立する仮対法的状況に目を向けさせる指摘となっている。

ついでイアゴーがたとえ話として「仮に私が女房にハンカチをやった」とすれば、それはもう女房のものだから「誰にやろうが女房の勝手だと思います」と鎌をかけると、オセローは「妻は貞操を守らねばならない」という一般的な道徳論で反応する。ここでの漱石のコメントは「Othello は逆上してゐるにも拘はらず、理窟を言つてゐる」というもので、これもまた、矛盾・対立する二要素（逆上と冷静な論理性）の仮対法的並立への着目を促すものである。

　ハンカチを手にしてキャシオーが何を言ったかが気にかかってならないオセローの内心を見透かし、イアゴーは言葉巧みに誘導する。

オセロー　何と言ったのだ？
イアゴー　確か、俺はした、とか――いや、私は知りません、何をしたのか――
オセロー　何だ？　何だ？
イアゴー　寝た。〔Lie ――〕
オセロー　あれとか？〔With her?〕

イアゴー　寝たとでも、乗ったとでも、よろしいように。〔With her, on her, what you will.〕

オセロー　寝た？　乗った？　「乗った」なら、あれが口車に乗ったとも取れる。だが、寝たとなると、ええい、けがらわしい！――ハンカチ！　白状！　ハンカチ！――白状させて、その見返りに縛り首にしてやる！　いや、まず縛り首にして、それから白状させる。思っただけで震えてくる。人がこれほどどす黒い情念に襲われるのは、虫の知らせだ。何かある、こんなに震えるのは言葉のせいだけではない。くそっ！鼻と鼻を、耳と耳を、唇と唇を！　こんなことがあってたまるか。白状しろ！ハンカチ！　おお、悪魔！

（昏倒する）

イアゴー　いいぞ、俺の毒薬、もっと効き目を見せろ！　こうして信じやすい阿呆どもは引っかかる。立派で貞淑なご婦人方もこんなふうに無実の罪を着せられる。――どうなさいました！　閣下！閣下！　おい！　オセロー！

（第四幕第一場）

ここでの「いいぞ、俺の毒薬」云々のイアゴーの科白について、漱石は「此 Iago の monologue〔独白〕は凄愴の気に満ちてゐる」と大いに買っているのだが、他方では、オセローの昏倒についてこう批判してもいた。

> Othello が気絶するのはをかしい。然し是で Othello が Desdemona を殺すやうになる motive〔動機〕が如何に強いかを現はす事にもなる。それにしても、少し劇《はげ》しすぎる。

「気絶」は「少し劇しすぎ」で、自然さを損なうけれども、オセローが「女房殺し」まで行く「動機」の強さを見せつけるものとして理解はできる。つまりデズデモーナへの、いずれも強烈な愛と憎しみを「準対置」していく仮対法的な「手際」によって、勇将オセローの失神という、いささか不自然な事態をリアルに見せることに、かなりの程度に成功しているというのだ。

此処はシェイクスピアの失敗である

ともかくオセローはやがて意識を取り戻し、そこにキャシオーが出てくると、イアゴーはオセローに隠れて盗み聞きするよう指示した上で、巧みにキャシオーを突っついて「女」の話をさせる。

「俺が結婚！　え、淫売とか！」「あの猿が勝手に言いふらしてるんだ。自惚れていい気になって、俺と結婚できると思い込んでる」「あの女、さっきもここにいたんだ、俺がどこへ行っても付きまとって離れない」「こんな風に俺の首っ玉にしがみついて」「こうぶら下がって、体をくねらせて、泣くんだよ」「そろそろ、あの女とは手を切らなきゃ」……とキャシオーは色男気取りで軽薄にしゃべりまくる。その「女」はもちろんビアンカを指しているのだが、それが傍らのオセローの耳にはデズデモーナのこととしてしか入ってこない。この誤解がオセローの疑心暗鬼を確信に変える決定打となって、黒人将軍は苦悩にのたうつことになる。

「自然と悲劇に運び去る手際」の巧みさを、ここにも見てよさそうに思える。ところが漱石は「此処はShakespeare の失敗である」として、こう論じているのだ。

> Othello の立場に於いては、（1）Cassio が Desdemona を愛すること深き方が jealousy〔嫉妬〕強くなるか、或ひは（2）Cassio が Desdemona をぞんざいに取扱ふ方が苦し

く感じるか、此の間に a nice difference of psychology〔心理の微妙な差異〕がある。Shakespeare は（2）の方を取つてゐる。余は（1）にした方が Othello の jealousy が増すと思ふ。此処は Shakespeare の失敗である。（1）を取れば Desdemona が憎らしくなる。（2）を取れば Cassio が憎らしくなる。

（第四幕第一場）

（2）でなく（1）を採った場合、ハンカチがデズデモーナのものと知るや、キャシオーは陶然としてそれに頬ずりや接吻を加えるよう演出されるかもしれない。たとえばそのような形で彼女への熱愛を疑いの余地なく見せつけた方が、オセローの嫉妬には火がつきやすい。またその燃焼に比例してデズデモーナへの憎悪も燃え上がることで、「女房殺し」にまで進展してしまう「心の成行」――「動機」の形成――もより納得のいくものになるはずだというのである。

Fの「差違」と集合的F

さすが漱石先生！と敬服の度を深めた学生も少なくなかったであろうと思わせる精妙な分析ではある。ただ、これを認める場合、「悪人」造型において「intellectually に」かなわないと漱石も脱帽した巨人シェイクスピアが、なぜそちらを採らなかったのかという疑問も浮上することだろう。

ここで私たちは、漱石とシェイクスピアとの間の、最も深い部分における「Fの差違」――『文学論』第五編「集合的F」の中心課題――に突き当たる。この編の冒頭部分は第二から第四の三段落が「吾人〔余〕は此編に於てFの差違を述べんとす〔と欲す〕」というほぼ同じ文で始まる特異な書きぶりなのだが、ともかくその第二段落では「Fの差違とは時間の差違を含み、空間の差違を含み、個人と個人の間に起こる差違を含み、一国民と他国民の間に起こる差違を含み、又は古代と今代と、もしくは今代と予想せられたる後代との差違をも含む」として、個人の「F」と「集合的F」の連続性が概説されている。

このこととの関連で第一編第一章に戻るなら、「焦点的印象又は観念」を意味するこの「F」は次のように分類されてもいた。

（一）一刻の意識に於けるF、
（二）個人的一世の意識に於けるF、
（三）社会進化の一時期の意識に於けるF、

このうち（三）については「通語の所謂時代思潮（Zeitgeist）と称するものにして更に東洋風の語を以てせば勢これなり」との補説もあって、要するにこれが第五編の主題となる「集合的F」である。つまり『文学論』的視座からすれば、『オセロー』の三角関係の設定に関して示された漱石の違和にも、（一）（二）（三）の各レベルでの「Fの差違」があるという話なのだが、（一）と（二）のレベルでの「F＋f」はすでに踏みこんできたところなので、以下では（三）の「集合的F」における「差違」に論及していこう。

女の不貞を忌む三原理

嫉妬という情念を、ここでのオセローの場合のような、男が別の男に女（妻または恋人）を取られる可能性によって刺激される類のものに限定した場合、西洋と日本の「集合的F」の「差違」としては、貞操の重視と、それと表裏一体をなす不貞への処罰感情の強弱差ということが考えられる。

一九四七（昭和二二）年の姦通罪廃止をめぐっての議論でも、伝統的に日本人は「忠孝の道義において優れているが性道徳に関しては甚だ心もとない」といった危惧がキリスト教婦人矯風会など〝欧米寄り〟と見られる陣営から表明されていたほどで（氏家幹人『不義密通　禁じられた恋の江戸』〔講談社、一九九六〕七頁）、日本人一般のこの方面での懲罰感情は、シェイクスピアが生きた一六〇〇年前後のイギリスにおけるほどには苛酷でなかったというのが実情のように思われる。オセローが疑惑するところの妻の不貞がいかに許しがたいものとして当時の観客に受けとめられてきたかは、ヴァージニア・メイソン・ヴォーンの『オセロー　ある文脈史』（Virginia Mason Vaughan, *Othello a Contextual History*, Cambridge University Press, 1994, pp.71-89）が詳細に教えるところだが、この本にも引かれているコッペリア・カーンによれば、この時代の男がもつ妻の不貞に関する先入観は次の三つの「理由」を根にもっており、『オセロー』は三つすべてを体現しているという。

（1）女性嫌悪（女は生来、淫蕩であるという信念）
（2）二重基準
（3）夫の名誉は妻の貞節次第だという父権的結婚の信念
（Coppelia Kahn, *Man's Estate:Masculin Identity in Shakespeare*, University of California Press, 1981, pp.119-50）

（2）に関して補足しておくと、この場合の「二重基準」とは要するに、夫の側の不貞は妻の場合ほど重大視されないという、現代も消滅していない、男に都合のよい〝常識〟である。そしてひとまず「理由」と訳した〝cause〟は、しばしば国家や宗教の権威に支えられた原理的な言い分として、「大義」のような訳語が適合する場合もあるが、この三つの〝cause〟もまさにそれなのだ。だから、第二アーデン版全集編者の注釈に依拠する河合祥一郎に言わせれば、オセローは「神に代わって正義を行おうとしている」（『シェイクスピア　人生劇場の達人』中央公論新社、二〇一六〕一六七頁）ということにもなる。

たとえば、先に見た第四幕第一場での、ハンカチは「誰にやろうが女房の勝手だ」というイアゴーの鎌かけに乗せられて、オセローが「妻は貞操を守らねばならない」などと言いだすのもこの「大義」の発動である。これら三つの「大義」がオセローの内部でどんどん盛り上がってゆく、その膨張を巧みに誘導したのがイアゴーの〝suggestion〟なのである。

右記の場に至る以前に、オセローはイアゴーからデズデモーナの尻軽さ、淫蕩さ、そしてキャシオーとの姦通についてさんざん状況証拠を吹き込まれて、「俺は妻が貞節だと思い、そうではないと思う」という仮対法的な袋小路で進退きわまっていた。むしろ疑惑を確信に変える決定打をもらって「すっきりしたい」、前出のカヴェルのひそみにならうなら、「デズデモーナ自身がすでに暴露してしまっているものを隠蔽する〔意識の外へ追いやる〕力としてイアゴーの暗示に飛びつく〔seize upon Iago's suggestion〕」（前掲書、八頁）だけの心の下準備がすでに整っていたとも言えるだろう。ついでながら、妻の不貞を確信した男の懲罰欲求が殺意の形をとる例は、シェイクスピア劇にかぎってもオセローの死で根絶やしになるわけではなく、『シンベリン』（推定執筆年 一六〇八～一〇）のポステュマス、『冬物語』（同 一六一〇～一一）のレオンティーズへと遺志を継がれるのだ。幸い、両人とも殺害には至らないのだが。

　これらを勘案すると、右の場面でのシェイクスピアが（1）でなく（2）を採ったことも理解しやすくなる。キャシオーによる「女性嫌悪」的に軽薄な扱いによってデズデモーナを貶《おとし》めてしまうことの方が、当時の観客に共有される「大義」にかなったには違いないのだ。なにしろ、その不道徳性のゆえに演劇の存在そのものまで否定しようとしたスティーヴン・ゴッソン（一五五四～一六二四）のような論客が力をもった時代である。シェイクスピア自身の意識がどうであったかにかかわらず、そのように事を運ばなければ、当時の「集合的F」の神経を逆撫でし、それこそ舞台に向けて発砲する者さえ出てきかねなかったかもしれない。

これに対して漱石が（2）でなく（1）を採りたいとしたことの背景には、明治日本の男としてそのような「大義」を共有していなかったという要因がまず指摘される。一九〇七〔明治四〇〕年の刑法改正により、それまで合法であったいわゆる「妻敵討《めがたきうち》」（寝取られた夫による姦夫《かんぷ》・姦婦《かんぷ》への殺傷行為）がようやく非合法化されたが、これは江戸期においても必ずしも盛んに行われたわけではない。実際に遂行された例においても、懲罰感情はまずは姦夫に向かうのであって、姦婦の扱いは二の次になりがちだったことは、近松門左衛門の浄瑠璃『鑓《やり》の権三重帷子《ごんざかさねかたびら》』などいわゆる「姦通もの」の展開も示している。

ともあれ、一人の女を挟んで湧きあがる二人の男の情念は、新聞小説第一作である『虞美人草』から『こころ』に至る、漱石のほぼすべての長編小説の焦点をなしていく主題にほかならない。その情念または受難のシェイクスピア流の表現の一つの形が、先に見たキャシオーの色男ぶりの場面であり、これが漱石には「Shakespeare の失敗である」と見えた。シェイクスピア自身は「失敗」とは思わなかっただろうが、この乖離の背景には両者の属する「集合的Ｆ」の相違ということがあった。が、これとはまた別個に浮上してくるのが、二人が個人として有していた「悲劇」の「Ｆ」そのものの差異という問題である。

第五章　苦痛に釘付けのリアル――『オセロー』『行人』『マクベス』

すべて作り物で心理も粗大

男女間の恋愛や嫉妬についての感じ方やそれらを描く「手際」において、漱石がシェイクスピアから距離を取る意識も小さくなかったことが、『「オセロ」評釈』に立ち入ることで見えてきた。おそらく「悲劇」そのものの捉え方にも及ぶこの差異について精細に探りを入れながら、本章では、『オセロー』に最も似た設定をもつ『行人』に、また『オセロー』の難点を免れた秀作と漱石が見ていたらしい『マクベス』にも入り込んでみよう。

さて、『道草』連載の終わる一九一五〔大正四〕年九月に取材されて、発表は漱石没後の一七年二月になった「夏目先生の断片」は、ずいぶん気さくに胸襟を開いたものだなと感じさせる談話の一つである。「談は沙翁に飛び」、読むべき評論としては、ダウデン、ブランデスとも「一向感心しない」が「コールリッヂのものはいゝでせう、何しろ美的批評といふものはあの人に始まつたのだから」と教えるのだが、その前に、総論としてこう述べたという。

全体として沙翁は偉いに違ひない。あれ程多くの人物になり了せて居る作家は外《ほか》にないから。併《しか》し一つ一つの作を取つていへば一向感心しない。凡てが作り物である。そして人物の心理の働きなども頗る粗大である。とても近代の仏国や露国の作家を読むやうな味は出ない、リヤ王にしろオセロにしろ、あゝいふ事件が近世に起つたとしても、あんな具合にはとても発展しない。とても沙翁などをこれから研究する気は起らない。

翌年には「則天去私」の体現者として称揚することになるシェイクスピアについて、「一向感心しない」という。しかも『オセロー』に関しては、前章で見てきた「感じ」の悪さと「手際」の良さという両面のうち、長所たるはずの「手際」の側面で「あんな具合にはとても発展しない」と批判しているのだから、いささか意外の感もある。

この冷めた批評は、シェイクスピアから多くを吸収したとはいっても、漱石が劇作に向かうことはついになく、「維新の志士の如き烈しい精神で文学をやる」という志を主に担うジャンルが長編小説であり続けたことの結果でもあるだろう。「人物の心理の働きなども頗る粗大」で「仏国や露国の作家を読むやうな味は出ない」と十九世紀の長編小説を持ち出すのは、時代の違い以上に、戯曲というジャンルの制約を顧慮していないようで不当の感がないではないが、職業として小説を書き続ける人の実感であったには違いない。

小説の戯曲に対する優位

戯曲をも小説として読んでしまうかのごとき、漱石のこのスタンスをにじませる発言を『「オセロ」評釈』からいくつか拾っておこう。まず、前章で紹介済みの「さてと、俺が悪役を演じてるなんていうのはどこのどいつだ？」に始まるイアゴーの長い独白が始まったあたりでのコメント。

Drama〔戯曲〕では心の中の思惑を他に示す方法がないから monologue や aside〔傍《ぼう》白《はく》〕の必要が生じる。此の点 novel〔小説〕の方が完全である。（第二幕第三場）

つまり舞台上の人物が隠し持つ心理を観客に伝えようと思えば、どうしても独白や傍白が必要になるが、これらの使用はあまりに不自然で興をそぐ場合がままある。自由な形式をもつ小説はその点において「完全」だと、ジャンルとしての優位を説いている。またこの独白を終えたイアゴーが消えてまもなく、キャシオーらとともに登場したエミリアがデズデモーナに「夫も自分のことのように胸を痛めています」と言ったのにふれては、こう説いた。

Iago は Emilia に対しても、Cassio に対しても、Othello に対しても、a good man〔善人〕となつてゐる。ただ Roderigo に対してのみ正体を打ち明け、ばけの皮を現はしてゐる。惜しいことである。之を、若《も》し、誰にも心中を打ち明けないで、独りで悪をするやうに描いたならば、完全な悪人となつたであらう。a refined rascal〔洗練された悪漢〕となれた筈である。黒砂糖でない、白砂糖の悪人となれた筈である。併し白砂糖の悪人は今までの文学にはない。

（第三幕第三場）

その「悪」が外見《そとみ》にも露見する「黒砂糖」の悪人でなく、「誰にも心中を打ち明けないで、独りで悪をする」「完全な悪人」——「白砂糖の悪人」——が描ければもっと面白い。それは「今までの文学にはない」けれど……という漱石の文学史的判定は、自分がこれから創造してやってもいいという挑戦意欲をにじませたもののようにも受け取れる。

オセロー自身が中心となればよいのに

それはさておき、これまでやや詳しく展開を追って来た第三幕、第四幕では、イアゴーの腹黒さを知る唯一の人物ロダリーゴーに科白がほとんど与えられないこともあって、イアゴーの悪党ぶりは限りなく「白砂糖の悪人」に接近している。たとえば前章に見た、「俺が結婚！　え、淫売とか！」に続く猥雑な軽口をキャシオーにどんどん吐かせ、かつそれをオセローに聞かせるという、イアゴーのお膳立てした場面。

キャシオーとイアゴーとがにやついて交わす際どい会話に、離れたところから突っ込みを入れるオセロー。「『ああ、キャシオー、大好き！』と叫んだか、あの身振りからすると」とか、「俺の寝室に引っ張り込んだというのか。ああ、貴様の鼻をそぎ落とし、犬にくれてやる」とかの黒々とした苦渋の傍白がはさみこまれていくが、その声は、イアゴーのアンテナにはいざ知らず、キャシオーの耳にはまったく届かない。一触即発のスリルも抱える緊迫したドラマティック・アイロニーの状況を持続させるこの「手際」には、これぞシェイクスピア！との喝采も聞こえてきそうだ。ところが、漱石の反応はむしろ批判的だった。

> 甲が乙の見聞したことを自分の口で語れば、興味の中心は甲に在つて大いにおもしろく、且つ realistic〔写実的〕になる。此処では中心は Iago と Cassio に在つて、それを観察する者は他方面に在る。さうして此 Othello の怒を挿むのは総体の場面からの必要

上、見物人に知らせるためであらうが、それが談話を遮るのは邪魔になる。之はOthello の口を借りて Shakespeare が説明するのである。Othello 自身が中心となればよいのに。

（第四幕第一場）

この場面での「興味の中心」は「見聞したこと」を話すキャシオーとイアゴーにあるのだから、ここでオセローが口を入れるのは、作者が出てきて「説明する」のに等しく、むしろ「邪魔になる」。オセローの嫉妬や怒りを表現するなら、「Othello 自身が中心となる」場面を設定すべきだというのである。

『虞美人草』の際どき瞬間

教室でそう語ってからおそらく一年もしないうちに、実は漱石はこれに酷似した場面を設定していた。『虞美人草』（十七）で、甲野家を訪ねていた宗近一《はじめ》が甲野欽吾と二人で座敷から庭に出てみると、あにはからんや、池の向こう側で小野清三に寄り添う甲野の妹、藤尾と視線を合わせてしまう。

見合す四人は、互に互を釘付にして立つ。際どき瞬間である。はつと思ふ刹那を一番早く飛び越えたものが勝になる。

女はちらりと白足袋の片方を後へ引いた。丹砂《たんしや》に染めた古代模様の鮮かに春を寂びたる帯の間から、する〳〵と蜿蜒《うね》るものを、引き千切《ちぎ》れと許《ばかり》鋭どく抜き出した。繊《ほそ》き蛇《だ》の臌《ふく》れたる頭《かしら》を掌《たなごころ》に握つて、黄金《こがね》の色を細長く空に振れば、深紅の光は発矢《はつし》と尾より迸《ほとばし》しる。——次の瞬間には、小野さんの胸を左右に、燦爛たる金鎖《きんぐさり》が動かぬ稲妻の如く懸つてゐた。

「繊き蛇の臌れたる頭」は「燦爛たる金鎖」を付けた金時計のことで、それこそは宗近さんが、甲野亡父との口約束から、いずれ藤尾と一緒にわが手中に転がり込むものと長く思い込んできた垂涎《すいぜん》の宝。この小説全体の鍵をなす小道具という点で『オセロー』のハンカチに劣らない意味をもつのだが、それを藤尾がこの「はつと思ふ刹那」に小野さんに与えてしまう。つまり宗近でなく小野に嫁ぐ意志を、宗近に当てつけるように表明したのである。

この場面の「中心」は、動きとしては藤尾にあるのだとしても、語り手はむしろそれを見守る宗近さんの側に立っている。宗近さんはオセローのように怒り狂って気絶したりはしないけれども、ここでひそかに嫉妬と失望と怒りを沈殿させるはずなのだ。そう読んでよいなら、「Othello 自身が中心となればよいのに」という「批評的鑑賞」は、漱石自身の手によって、早くも実作の場へもちこまれていたことになる。

『行人』の一郎も「中心となる」

嫉妬や失望や怒りを抱える人物を描く場合、その人物自身が「中心となればよい」。すぐれて小説家的な漱石のこの志向は、『虞美人草』から五年後の、夫の妻への嫉妬や疑惑を主題化する、まさに『オセロー』をなぞるような小説『行人』においても明瞭であった。

夫が妻の貞操を疑って弟にそれを試させるという「際どき」設定のこの小説は、一九一二〔大正元〕年十二月に新聞連載を開始しながら、翌年四月には漱石の胃潰瘍再発で中断する。九月以降に加えられた最終部「塵労」では、精神病も疑われる一郎の心理状態が「Hさん」という第三者の手紙の形でほぼ全面的に開示されるものの、疑われている妻、直の心意は十分に開かれないままに終わる。そこに不完全燃焼のきらいもあるのだが、ともかく一郎は、最終的には、オセローよろしく妻の殴打にも及んでいた（「塵労」

三十七）ことを含め、自らの心中を、心やすい友人であるHさんに向けて隠しもなくさらけ出す。なるほど、これは「一郎自身が中心とな」っての展開には違いない。

前半から見直しておこう。妻の直と弟の二郎との間の姦通、またはそれに傾く心理を疑う一郎は、「話がある」と二郎を呼びつけて、じかに「お直は御前に惚れてるんぢやないか」と問いかける。そんなことあるわけないと一蹴されても、「だつて御前の顔は赤いぢやないか」と納得しない。そこから「御前他《ひと》の心が解るかい」と一般論に転じ、「おれが霊も魂も所謂スピリツトも攫《つか》まない女と結婚してゐる事丈は慥《たし》かだ」と告白するのだ（兄十八）。これを端緒に多少とも妄想的な三角関係のドラマが展開し、かつて二郎と布団を並べて寝ながら「物凄い所が見たいんですもの」などと暗示的な言葉を吐いていた直の「腹の奥の奥底」には覆《おお》いをかけたまま、「Hさんの手紙」で一郎の病的な心境と哲学が語りだされて『行人』は終わる。小説全体の語り手として腹蔵なく語るはずの二郎が、直への恋愛感情を表白するようなことも最後までないのである。

「悲しみは神のもの」か「自分につらき涙」か

ともあれ、「Hさんの手紙」のなかでオセローならぬ一郎が「中心となって」自らの内部を語りだすという『行人』の展開をよしとする立場から見れば、『オセロー』の大詰め、第五幕第二場冒頭の、デズデモーナ殺害を決意したオセロー自身の、このように始まる長い独白などは、漱石の意にかなうようにも思える。

だからやる、だからやるのだ、俺の魂！
清らかな星々よ、口に出してわけを言わせるな！
だからやる。だが、血を流すのはよそう、
雪よりも白くアラバスターの像よりもなめらかな
あの肌を傷つけるのもよそう。
だが、生かしてはおけない、さもないと次々に男を騙すだろう。

三度繰り返される「だからやる」の原語は〝it is the cause〟だが、サミュエル・ジョンソン編集の『シェイクスピア全集』ではこの〝cause〟が〝Cause〟と大文字表記されている由で、それを引用したエンプソンは「ここでオセローに恐怖を感じさせるのは殺すという行為そのものより、その〝Cause〔大義〕〟の方だ」というジョンソンの解釈に賛同している（エンプソン前掲書、一八五頁）。この〝Cause〟が妻の不貞を糾弾する男を支える基盤としてコッペリア・カーンが挙げていた三つの「大義」に重なることは、もはや論ずるにも及ぶまい。つまりオセローがこれから取りかかる行為は、恐れながら「神に代わって正義を行う」という意識に下支えされてもいるのだ。

ひるがえって漱石の語釈を見ると、ここは「わけは斯うだ。（自分の心に言ひ分けする）」とあるのみで、殺す理由を「神」のような外的な権威に訴求することには意識が及んでいない。あくまで「自分の心」内部の分裂的な動きや揺れに限定しているわけで、この種の揺れを映し出す仮対法的な手際にシェイクスピア芸術の一つの核心を見ていたらしい漱石にあって、これはごく自然な「心の成行」による解釈であっただろう。ともかく、解釈のこの相違は、この長い独白の後半部分でまた表面化してくる。

このバラは、摘んでしまえば、もう生き生きと
育つことはない、しおれるしかないのだ。
枝に咲いているうちに香りを嗅いでおこう。
ああ、かぐわしい息だ、正義の女神も

手にした剣を折りたくなるだろう！　もう一度、もう一度。
死んでもこのままでいてくれ、そうすれば殺したあとで
愛してやる。もう一度、これが最後だ。　（キスをする）
これほど愛らしくこれほど致命的な女はいない。泣けてくる、
だがこの涙は無慈悲だぞ。この悲しみは神のものだ、
愛する者を打ちすえる。目を覚ましたな。

オセローの動機にからんで漱石が着目したのは、終わり近くの「だがこの涙は無慈悲だぞ〔But they are cruel tears〕」である。これについては野上による「自分にとつてcruelな涙である。人に対してにあらず。自分につれない涙である」云々の筆記に加え、小宮のノートにはこういう解説も残されていた。

Johnson は是を、涙は出ても許さない、悲しくはあるがその悲しみにまけずに justice〔正義〕を行ふ、といふ意味に解釈してゐる。然し自分はこの cruel を、自分に cruel な、自分につらき涙の意味にとりたい。　（第五幕第二場）

『こころ』連載終了から三か月後の講演「私の個人主義」（一九一四年）で、漱石は「本場の批評家」の言うことと矛盾してもかまわないから「自己本位」の批評をすればよいと初学者を励ましたが、この立論はまさにその実践である。つまり、オセローの背後にやはり「神」に委託された「大義」を見ようとする「本場の批評家」サミュエル・ジョンソンに抗して、「自分の心に言ひ分けする」「自分につらき涙の意味」にとるという「自己本位」の解釈を打ち出したのである。

不自然・非論理を超える「リアル」

オセローのこの長広舌にからんでの漱石の指摘はもう一つあって、それは、「不自然さ」ということである。前引の「この涙は無慈悲だぞ」についての議論より前に、オセローの独白全体について長い解説があったのだが、それはこう始められていた。

> 始の monologue は或意味から言ふと極めて不自然である。然しその書き方に於いては、極めて real である。書いてある事が活きてゐる。real に書いてありさへすれば、自然、不自然は大して問題にならない。（同右）

『ノート』(『漱石全集』第21巻、岩波書店、1997、323頁)

○F………+f
○separate word　+f

logic and illogic of contents
F………+f
separate word　+f

「自然／不自然」の対概念は『「オセロ」評釈』の他の箇所にも何度か出る重要なタームなのだが、リアルさや「書いてある事が活きてゐる」こととそれとは別のことだというのである。ところで、『ノート』中の冊子「〔Ⅳ-4〕FトF+f」でのシェイクスピアに論及した部分に「logic〔論理的〕／illogic〔非論理的〕」という対概念の記述が見られ、この対と『「オセロ」評釈』での「自然／不自然」の対とはほぼ重なる。

　すなわち「1) Fノidea, Fノchange, Fノkinds」に始まる十の論点のうち、「6) relation of <u>form</u> and <u>contents</u>〔形式と内容の関係〕」の部分に、上記の対照表様の記述があり、右上の「F……+f」から線が引かれて「sequence〔継起〕of (F+f) Shakespeareヲ見ヨ」という別の書き込みにつなげられている。「F……」と「separate word〔個別の言葉〕」の対については後述することとして、ここでは漱石の言う「不自然」が「非論理的」の意に近いことを押さえておきたい。要は、論理的におかしく「不自然」と見える場合も、「書いてある事が活きてゐる」てリアルに読者をとらえてしまうならば、鑑賞の妨げとはならないというのである。

それでは、その「活きてゐる」こととしての「リアル」とは、どのような状態を指すのか。とりあえず話を「悲劇」に限定するなら、『文学論』第二編「文学的内容の数量的変化」第四章「悲劇に対する場合」に、一般に「悲劇」が愛好されるのは、最終的に「苦痛を打ち伏せたる時の快感」を大きくしようとしてあえて「難に就き危を冒して予めこれを迎ふる」という、人間一般に見られる傾向によるのだとある。その目的はつまるところ、「苦痛後に来る快感」なのであって、それゆえ「悲劇」の骨子は「苦痛の発展」にほかならないというのである。

> 此発展を目撃する吾人は主人公の如何に之を解決するやを気遣ふのみならず、其苦痛のわれに快なると不快なるとを疑ふの余裕さへなく、只眼前の苦痛に釘付けにせられて遂に目を転ずるを得ざるに至る。悲劇は此強烈なる注意力を看客の上に喚起するが故に戯曲中に於て優勢なる権力を占むるにあらざるか。

悲劇的な「リアル」とはこれだろう。すなわち「眼前の苦痛に釘付けにせられて遂に目を転ずるを得ざる」ところまで持っていかれた観客・読者は、もはや「不自然」「非論理」

を問題とすることはない。前章で一部を見た講演「文芸の哲学的基礎」の用語で言えば、「発達した理想と、完全な技巧と合し」、作者と読者との「意識の連続」が「一致」することで「還元的感化」の境位に投げ入れられるからである〔第二十五～六回〕。

この「還元的感化」の概念もまた漱石オリジナルの哲学・文学理論のキーワードの一つだが、「文芸の哲学的基礎」の半年前、すなわち大学辞職の腹を固めつつあったころの談話「文章一口話」（一九〇五年十一月）では、それとほぼ同じ、またはその前段階としての主客「一致」状態が「同化の状態」「同化の境涯」と呼ばれている。そこで「リヤル」（この表記は記者によるもので、もちろん「リアル」と同義）を論じる漱石は、「写生〔文〕」も「attractive〔魅力的〕」でなければ文学にならないが、その条件はこうだという。

何時《いつ》か何処《どこ》かに果たして存在し又は存在すべきことを要せぬ、唯、直に全く実在すると感じられ、実在するであらうかせぬであらうかと遅疑する余裕のないものならば其れで沢山だ。是亦一種の意味に於てリヤルである。此意味に於てのリヤルとは、一定の時に一定の場所に起つた事物の証拠力ではない、歴史的考証でもない。身方《まさ》に其説述の裏に同化し真偽の間際に躊躇《たゆた》ふことなき同化の状態を意味するのである。

それゆえ「創造《クリエーション》」は「事物の証拠力としては許されぬ」としても「如上の同化の境涯を直覚せしむる」ためには許されるし、必要でもある。事実と違うとか、嘘になるとか怯えて「徒《いたづら》に材料たる事物の奴隷となるのは文学の事ではない」と主張して、ここで漱石が持ち出すのがまたシェイクスピアなのだ。「シエクスピアは、今の人ならばとてもそこまでは思ひ切つて描くことが出来ぬほどのあたりまで興に任せ筆を走らし立ち入つて描き出す。其思ひ切つた点がいつも其作を活躍せしめてゐる」と。

「状況」を作る「結構」、まとまらぬ「自然」

さて、ここで次なる問いが浮上するかもしれない。いわく、「眼前の苦痛に釘付けに」してしまうほどに「活きて」いる「リアル」が主客の「一致」ないし「同化」によって可能になるのなら、「文学」がその「同化」を実現するにはどのような「手際」が必要となるのか。シェイクスピアがそれを闊達になしえているというのなら、彼が依拠した「手際」はどのようなものであったのか……。「断片47A（明治40、41年頃）」の以下の部分は、それらへの回答を含むものとなっている。

○結構

×人間の activity〔活動〕の普通の活動を陳腐なりとして、異常の活動を写さんとするときには此異常の活動を possible〔可能〕にする situation〔状況〕が入用である。此 situation を作るのが結構の一ノ目的である。だから此目的の為めの結構は自然を欠いても無理でも仕方がない。思ひ通りの situation ニナレバヨイ。（Merchant of Venice〔ヴェニスの商人〕の Antonio が一度に多数の船を失ふが如きを云ふ）

×結構其ものが目的の場合がある。人間はまとめる事が好である。生存競存〔争〕上の必要にせまられて、まとめつゝ進んで来た習慣は何事をも（生存競存に必要のなき事迄も）まとめたくなる。

自然は存外まとまらぬものである。だらしのないものである。之をまとめたがるのが人情である。従つて此人間を満足させる時には不自然になる事がある。それでもまとめる方を好む場合がある。結構を目的にする場合にも（此故に）自然を標準にする事は出来ん。よく纏《まとま》つたと云ふ事を標準にする。

生け花にたとえるなら、「花其のものは小説の内容」で、「活花の方法」がすなわち「結構」だが、「Arrangement〔配置〕が面白い」せいで「花が引き立つ」なら、それは「よく纏つた」と評される。成功である。諸葛孔明や楠木正成の軍略が「自然を離る、尤も甚しき人工的のもの」でありながら「如何にもうまい」と称讃されるのと同様だ。読者がリアルに感じるか否かは、論理的に自然であること以上に、それが置かれる「状況」を現出させる「結構」の工夫によってくるというのである。

「マクベスの幽霊に就て」

ここでオセローの例の長広舌へのコメントに戻るなら、それはこう続けられていた。

> 唯Othelloは四大悲劇の一とまで呼ばれて、馬鹿に評判の高い戯曲ではあるが、読んでしまつて、どうも愉快な感じがしない。おなじ人殺しをするのでも、Macbethの方だと、大して不快な感じはなくて、ただ凄い恐ろしい感じだけである。是はartの罪であるか、それとも材料の罪であるか、さういふ事を研究してみるのも、一寸面白い事であるに違ひないと思ふ。

「artの罪」か「材料の罪」か。この対立を、たとえば先の生け花の例に重ねるなら、「自然」そのものの花たちが「材料」で、その配置（結構）が「art」だということになる。ところで、「art」が主として「芸術」を意味するようになるのは十九世紀以降のことで、元来は技術・芸術を含めた人工のわざ全般を指す意味範囲の広い語であった。右の例でも、「芸術」より「技巧」の方が訳語として適切だが、実際、「art」の訳語として漱石が多用した語は「技巧」である。

まさにその「技巧」の語が、晩年の三作——『こころ』『道草』『明暗』——ではほとんどキーワードの地位を獲得していることは漱石愛読者なら先刻ご承知だろうが、それらの用例の背後に（おそらくつねに）「art」があったことは、『彼岸過迄』の次のような書きぶりもその傍証となる。

> けれども若し親切を冠《かむ》らない技巧《アート》が彼女の本義なら……。僕は技巧《アート》といふ二字を細かに割つて考へた。〔中略〕——僕は技巧《アート》の二字を何処迄も割つて考へた。さうして技巧《アート》なら戦争だと考へた。
>
> （須永の話　三十一）

漱石のこの「技巧」観を押さえた上で、『オセロー』読後の「感じ」の悪さの原因は「技巧」か「材料」かという問いかけに戻るなら、文脈上、漱石の示唆は「技巧」に傾くように受け取れる。つまり「状況」を作る「結構」の工夫次第で「不自然」による不愉快さは回避できたはずだ、というのが漱石の言い分らしい。それならば、これもないものねだりの部類ながら、あの「intellectually にえらい」シェイクスピアなら、それも可能だったのではないかという問いが、またぞろ浮上するかもしれない。

現に『オセロー』の二年ほど後に書かれた『マクベス』は、その種の不快感を引きずらないものに仕上がっているというのが漱石の見方だった。実際、『マクベス』への高い評価は、所蔵本への「伏線」「照応」「性格一転」「此 passage ノ effect ヲ見ヨ」など多量の書き込みに示されているし、また帝大での講読後に『帝国文学』（一九〇三年一月）に寄稿された評論「マクベスの幽霊に就て」にも表白されていた。

この論考で解明が目指されるのは、第三幕第四場で二度にわたって出現する「幽霊」について、これらがダンカンの亡霊かバンクォーのそれかという、現代ではあまり問題にされないテーマである。ダンカンはその殺害によってマクベスが王位についたところの前王であり、バンクォーは即位後に警戒心を抱くようになったかつての盟友。その暗殺を果たしたとの報告をマクベスはたった今、受けたところだ。

諸説を批判的に検討した上で導かれた、二度ともバンクォーの霊だとする結論だけ見れば、それは、もとになった講義を受講していた金子健二も日記に書いたとおり「毫も注意に價すべきものなし」（『記録　東京帝大一学生の聴講ノート』〔注5〕の「付記」四七五頁）かもしれない。ただ、さすが漱石と唸らせるものがあるとすれば、その結論を導く「手際」――主人公の「心象の推移」に着目し、その「副意識」にまで探りを入れるテクスト分析――である。

宴席にバンクォーの姿がないために全スコットランドの貴族が揃わないことを惜しんで、マクベスは「彼の薄情を責めて済むならそれに越したことはない、不慮の災難を嘆くことにならねばいいが！」と客たちに語りかけるのだが、この科白について漱石は、バンクォーの出席不可能を予想して「其心事を倒《さかさ》まに放射せるもの」だという。すなわち、このときマクベスの脳裏をバンクォーが離れることはないものの、彼に会う可能性はないと知るマクベスは、出席者らを欺瞞すべくバンクォーの欠席で座興がそがれることをくどくどと述べ立てる。「幽霊」はこの時に出てくるのだから、これを先王ダンカンの霊と見れば興味は「頓《とみ》に索然」とする。バンクォーの亡霊だからこそ、それがバンクォーの椅子にいるのを見ての「悚《しょう》然たる寒慄の念」がマクベスから観客へと伝播《でんぱ》するのだ、と説くのである。

とすれば、これもまたその凄みが仮対法的な「準対置」——王らしく客人たちをもてなすという「惰性」的「f」にバンクォーへの恐れという「f′」がわれにもあらず交叉する——によって説明される場面なのであって、漱石がここに光を当てようとしたことは、持ち前のシェイクスピア読解から来る必然であったろう。「quasi-contrast」や「準対置」の用語がもしこの時点で発明済みであったならば、その使用に及んでいたに違いないのである。

性格一転、又一転

誰もいない席に向かって「退《さ》がれ！　消えろ！」と罵声を浴びせて客人らを唖然とさせたマクベスは、この後、夫人と二人きりになってから、明朝早くに「魔女どものところへ行って」すべてを聞き出してくると告げる。所蔵本への書き込みでは、ここに「性格一転」とある。さらに、その魔女らのところで「マクダフに用心しろ」「女から生まれた者は誰一人、マクベスを倒せはしない」と幻影に告げられた後、マクダフへの奇襲を宣言したところでは「性格又一転」と書きこまれている。

この「性格一転」云々もまた漱石のシェイクスピア評価の焦点の一つであったことは、第一章で『リチャード三世』や『ジュリアス・シーザー』への書き込みに即して解析したところだが、ここで注意を促したいのは、そのような「一転」を起こす人物は、そもそもその内部に、仮対法的に示すほかないような矛盾・対立を抱えた者として造型されているということである。言い換えれば、リチャードやブルータス、オセローやマクベスはもともと「f／f′」の同居状態を生きる人物なのであって、「性格」が一転するのも、「f」と「f′」のうちそれまで後景にいたものが前面に出ることで、他方が退いて目につかなくなることによるものと解される。

これら悲劇の英雄たちにハムレット、そしてイアゴーの名も加えるべきだろうか。「この世の関節がはずれてしまった」と嘆いて「この先必要に応じて、狂態を身にまとうかもしれないからな」とホレイショーに告げた時（第一幕第五場）、デンマーク王子は「f′」を表に出して「性格」を「一転」させることを自らの意志で選び取っていた。オセローからいくども〝honest〔正直・誠実な〕Iago〟と呼ばれ、主君の信頼を失わないこの悪党もまた、第一幕第一場で早くも〝I am not what I am〔俺は俺じゃない〕〟と宣言し、「f′」を表に出して「性格一転」させることを決めていたのである。

ついでながら、イアゴーのこの名言――I am not what I am――とまったく同じ科白が『十二夜』（推定執筆年 一五九九～一六〇〇）のヴァイオラによっても吐かれている。この二例は「シェイクスピア独自のものであり、他の劇作家の作品には出てこない表現」（河合祥一郎『シェイクスピアの正体』二〇一六〔『謎ときシェイクスピア』二〇〇八、改題。新潮文庫〕一七七～八頁）との由だが、イアゴーのそれは身分も性別も偽った自己の現状をそのままに独白したもので、イアゴーの「F」が発散させる物凄い「f」を伴うわけではない。

ともあれ、「シェイクスピアの長所」として漱石が評価し、自作に採り入れようとした「手際」の一つに、こうした二重のアイデンティティを身にまとう性格《キャラクター》の造型があったことはすでに明らかではないか。『虞美人草』の宗近さんは、これらシェイクスピア的性格《キャラクター》の、あまり上手でない模造品と値踏みされても仕方のない人物なのだ。藤尾が金時計を躍らせるあの瞬間的な寸劇を見せられてからの彼が一躍「活躍の児《じ》」（十八）となるのは、潜行していた「意志の男」の部分の急浮上という形での「性格一転」にほかならない。惜しいことに、その「一転」は、リチャード三世やマクベス、ブルータスやイアゴーらの場合のような「リアル」な凄味を欠いているのだけれど。

第六章　低徊趣味・推移趣味と〝△⃝理論〟

――『草枕』の実験と『オセロー』

「批評的鑑賞」の方法

『オセロー』を読み終えて「どうも愉快な感じがしない」のに対して、『マクベス』にこの弊はないけれども、これは「技巧《アート》」のせいか「材料」のせいか研究してみるとよい、と漱石が教室で指導していたこと、そして漱石自身の志向は「技巧」に傾くように類推されることを前章に見た。本章では、まさに『オセロー』講義期間（一九〇五年一〜十月）の終盤で書かれた『草枕』（同年九月）に目を向け、そこで漱石が試みた「技巧」の実験を潜り抜けることで、『オセロー』に別角度の光を当ててみよう。

この期間、シェイクスピア講読と並行して続けられていたもう一つの講義「十八世紀英文学」は、のちに『文学評論』として刊行されるものだが、その「序言」で、漱石が作者の「技巧」を科学的に分析するよう奨励していたことは「はじめに」で垣間見たところだ。たとえばある文学作品の「面白いといふ感じ」について、その起因となる「事実」を科学的に究明するのが「批評的態度」なのだから、そこで作者の「技巧」が問われないはずはない、という次第だ。この態度で俎上《そじょう》に載せられるのが「ハムレツト見た様な傑作」という「口癖」の伝わる『ハムレット』で、漱石はこの作品の「面白いといふ感じ」をこのように「分解」してみせる。

感情－面白い＝（凄愴＋幽憤＋悲哀＋等）＋
（是等の順序、排列、強弱、緩急、発展、消長の具合）

事実－ハムレット＝
（幽霊＋ハムレットの地位＋ハムレットとオフエリアの恋＋等）＋
（是等の順序、排列、強弱、緩急、発展、消長の具合）

そこには「親の仇討」「失恋」「虐殺」「幽霊の出現」「主人公の感情」「哲理」、さらには「夫を殺した女が子に対して気兼をすると云ふ事実」「罪を犯した者が倒れると云ふ事実」等々が含まれる。かつ「此等の諸条件が吾人の心に訴へる順序、高低、排列、其他相互に待ち合つて起る関係」があり、「此等の事実がある一定の形式を具へて、吾人の頭脳に映じて、其が纏まつて一塊となつて、吾人に面白いと云ふ感を与へるのである」と。

さらに、「面白いといふ感じ」は右に並べた個々の多様な「単純な感情」に分解され、これら「単純な感情」はそれぞれ「之に当嵌まる有形的な事実」で説明されるのだと説いた上で、上のような等式を横書きで入れている。このように「感情を分解すると同時に其感情を起す事実を分解して両者相一致する対偶を作る」ことができれば「説明は綿密に出来る」として、作品に向かうこのような「態度」を漱石は「批評的鑑賞」と名づけたのである。

この地点から見れば、『オセロー』講義もまたこの「批評的鑑賞」

の態度で実践されていたことは明らかだろう。そしてシェイクスピアに対応した漱石のあらゆるテクストの解明を目指して進む本書も、実のところ、この「批評的鑑賞」の姿勢でここまで進んできたのである。その折り返し地点となりそうな本章で、『オセロー』講義中の作物である『草枕』に入ってみようという算段だ。

この小説について漱石は、発表二か月後の談話「余が『草枕』」（一九〇六年十一月）で「唯《た》だ一種の——美しい感じが読者の頭に残りさへすればよい。それ以外に何も特別な目的があるのではない」と自解した。しかし、そのことは、個々の「美しい感じ」の「其感情を起す事実」、つまりは「技巧《アート》」が作者によって仕組まれていないということを意味しない。漱石の勧めた「批評的鑑賞」が立ち入る余地は十分にあるのだ。

プロットのない「俳句的小説」

本書ではその「技巧《アート》」の中核をなすものとして、漱石が「仮対法」と名づけた手法とその周辺に特に注意を払ってきた。シェイクスピアにおける使用例への漱石の着眼について第二章で調べ、第三章ではその自作への応用と見られる例を列挙したのだが、それらの例の最も早期のものとして、『草枕』からこれを拾って加えることもできる。登場して間もないヒロイン那美さんの顔を描写して、「別れ〳〵の道具が皆一癖あつて、乱調にどや〳〵と」飛び込んで来るという、画工たる「余」による長い叙述の一部である。

> それだから軽侮の裏に、何となく人に縋《すが》りたい景色が見える。人を馬鹿にした様子の底に慎み深い分別がほのめいてゐる。才に任せ、気を負へば百人の男子を物の数とも思はぬ勢の下から温和《おとな》しい情けが吾知らず湧いて出る。どうしても表情に一致がない。悟りと迷が一軒の家に喧嘩をしながらも同居してゐる体《てい》だ。此女の顔に統一の感じのないのは、心の統一のない証拠で、心に統一がないのは、此女の世界に統一がなかつたのだらう。（三）

「心」の「黒／白」両面にここでは「悟り／迷」の対照が当てられ、それについて「統一のない」ことが、執拗な反復によって読者に強く印象づけられる。この執拗さは、ところで、終幕（十三）で「余」がそこに「憐れ」を見いだして「胸中の画面」を完成させるという落ちを見越しての、伏線的な仕掛けでもある。

つまりこの「憐れ」によって那美さんの不一致な「表情」に初めて「統一」という「事

実」が生起し、それが引き起こした「それだ！　それだ！　それが出れば画《え》になりますよ」という「余」の「感情」が物語を閉じる次第で、この展開は、「AがこうしたからBがそうする」という因果的事件継起の面白みに乏しいこの小説に、多少の因果性を持ち込むプロットとして仕組まれたものと言える。

　しかしながら、そうだとすると、『草枕』は「世間普通にいふ小説とは全く反対の意味で書いた」もので「プロットも無ければ、事件の発展もない」小説だという「余が『草枕』」での自解との整合性が問われることにもなる。つまり『草枕』は「唯だ一種の――美しい感じが読者の頭に残」ることのみを目的とするもので、こんな小説は「未だ西洋にもない」から「小説界に於ける新らしい運動が、日本から起つたといへるのだ」とまで豪語していたにもかかわらず、どっこい、「プロット」はあったではないか、という話だ。

　ところで、この「未だ西洋にもない」云々の背後には、前章で『「オセロ」講義』において垣間見た、「本場の批評家」に抗しての「自己本位」推奨の姿勢が見て取れ、そこにボーダッシュが『文学論』について指摘していた「ポストコロニアリズム」に関わる意識を読みこむこともできるだろう。実際、『文学論』の草稿としての意味をもった『ノート』の「〔Ⅳ-24〕大要」――「(1)世界ヲ如何ニ観ルベキ」に始まる十七の課題を書きとめた覚書——には「⒂日本目下ノ状況ニ於テ日本ノ進路ヲ助クベキ文芸ハ如何ナル者ナラザル可《べか》ラザルカ」といったものも並んでいて、列強に抗して〝後進国〟日本の「開化」をどう導くか、という指導者としての問題意識が政府給費留学生としての夏目金之助に強く根を張っていたことが見て取られる。

「余が『草枕』」にもこの意識の残響が聴き取られるのであって、「プロットも無ければ、事件の発展もない」から「西洋にもない」小説だ、という主張には反西洋的動機による誇張（いくぶんかは記者の姿勢の反映）が混じっている。実際の『草枕』が実はしっかりした「プロット」に支えられていることは後述のとおりなのだが、漱石が言わんとしたのは、おそらく「事件の発展」より一つ一つの場面の「美」の方に作品の重心がある、といったところだろう。だから続けて、在来の小説が「穿《うが》ち」を主とする「川柳的」なものであるのに対して、こちらは「美を生命とする俳句的小説」だという主張にも及ぶ。『草枕』には、たとえば

> 長良《ながら》の乙女が振袖を着て、青馬《あを》に乗つて、峠を越すと、いきなり、さゝだ男と、さゝべ男が飛び出して両方から引つ張る。女が急にオフェリヤになつて、柳の枝へ上つて、河

の中を流れながら、うつくしい声で歌をうたふ。　（三）

のような、絵画的「美」と俳諧的ユーモアに彩られた場面描写が次々に重ねられていく。普通の小説なら「主人公は甲の地点から乙の地点に移ツて行」き、「作者は、第三の地点に立ツて事件の発展して行くのを側面から観察してゐる」のだが、『草枕』の場合はこれと正反対で「作中の人物は却つて動かずに、観察する者の方が動いてゐる」。そこが「俳句的」たるゆえんだと漱石は説く。

とはいうものの、ここで「主人公／作中の人物」とされている那美さんも実は動かないわけではない。「観察する者」たる「余」に「からだを擦寄《すりよ》せ」、顔と顔が「触れぬ許《ばか》りに近づ」いて、「細い鼻の穴から出る女の呼吸《いき》が余の髭にさはる」までに接近しながら、「非人情ですよ」「無論」と互いに距離を取る（九）。といった（疑似）恋愛的もしくは性愛的な「事件の発展」を共有してもいるのだ。

〝空間的・絵画的〟小説

ところで、「余が『草枕』」でスケッチされた小説全般への独自の見解をより周到に展開したテクストが、すでにふれてきた「断片46」である。『漱石全集』で六頁にわたるこの覚書で、漱石は『草枕』にも導入されるG・E・レッシングの著『ラオコーン』を援用しつつ「spacial〔空間的〕」な小説を言挙げし、これを「事件の発展」を時間的に継起させる在来の小説との対照において解析していく。その流れで、むしろ後者の例である『オセロー』と『ハムレット』に入りこんでの比較・検討に及ぶのである。

「Relation〔関係〕カラ起ル beauty〔美〕」との標題で始められたこの断片は、まず小説を「時間的／空間的」の二種類に分類する。その上で、事件を時間的に継起させる一般的な小説では「第一篇——第二篇——第三篇」と連鎖して「二ハ一ニ depend〔依存〕シテ面白ク。三ハ一ト二ニ depend シテ面白イ」という「relation ノ面白味」が起こるが、それは二が一の「evolution〔推移、進化〕トシテ出テクル」場合も、二が三の cause〔原因〕ニナル」場合も、すべて「時間ノ function〔機能、関数〕」に依拠しているのだという。

これに対して、「spacial」な小説というのは、「Lessing ノ所謂 pictorial〔絵画的〕ナル者」で、一、二、三、四、五……が「時間ノ関係ナク小説ノ chapter〔章〕トシテ排列セラレタルトキニ其排列ノ順序如何ニ因ツテ pleasure〔快感〕ニ差違ヲ生ズル」、たとえば「Harmony〔調和〕、Contrast〔対照〕、Variety〔多様性〕、Unity〔統一性〕ノ感ヲ起ス」、その快感を狙う小説だとする。つまり悪漢小説やロマンスの類から受ける快感は因果的なものではなく、絵画の連鎖を見るようなものだから、絵の一枚一枚が面白ければよい。「plot ガナクテモ causality〔因果関係〕ガナクテモ構ハヌナリ」とし、「Evolution ナクシテモ面白キモノ」の存在を称揚するのだ。

これすなわち『草枕』について「美しい感じが読者の頭に残りさへすればよい」と開き直る場合の拠りどころにほかならないのであって、「断片46」は『草枕』の構想メモとして書き始められた可能性が高い。別の用語をもってくるなら、『草枕』は漱石が自らの造語で「低徊趣味」（「虚子著『鶏頭』序」〔一九〇七年十二月〕ほか）と呼んだ小説の実作であり、時間的・因果的な「推移」で読ませる従来型の「推移趣味」（談話「文学雑話」〔一九〇八年十月〕ほか）の小説とは根本的な志向を異にする、という理論の展開である。

客観的関係ニヨリテ興味ノ変化スル場合

ともあれ、文学である以上、どちらであっても読者になんらかの快感を与えなくてはならないのだが、「断片46」の漱石は、この快感をめぐって「objective relation〔客観的関係〕ト subjective relation〔主観的関係〕トヲ区別スル」必要を訴えてもいる。「主観的関係」は各章を読む人の心に「感想ノ relation」が発生するという意味での「関係」にすぎないのに対して、「客観的関係」の方は、一、二、三……の「各 chapter 若クハ element〔要素〕ガ其自身ノ性質上互ニ関連スル」（因果関係を結ばない場合を含めて）という意味においての内的「関連」である。

だから、両者を『文学評論』「序言」での用語に対応させれば、「主観的関係」は「感じ／感情」に、「客観的関係」は「其感情を起す事実」の方に重なってくる（１５５頁の等式参照）。この視座からすれば、これまで「仮対法的」と仮称してきた多様な二面併立的表現そのものにも、そのような「感じ／感情」を引き起こされる観客・読者においての「主観的関係」と、それらを企図する創作者の意識にある「客観的関係」との両面があるということが見えてくる。『文学論』の理論的な基本線がどちらかといえば前者すなわち読者側の「主観的関係」に足を置いていたのに対して、作家専業となってからの論考——「文芸の哲学的基礎」や「断片」類——は作者側の「客観的関係」に軸足を移しているように読めるのだが、ともかくこの「断片46」で、「客観的関係」の側の検討を深めるべく漱石が入り込んでいくテクストが、またしても『オセロー』なのだ。

「Objective relation ニヨリテ興味ノ変化スル場合」として『オセロー』から引用される

のは第三幕の大詰め、第三章でも見たイアゴーのオセローへの〝suggestion〟の連射――「誰だってただれた情欲の臭いを嗅ぎつける、気持が歪んでいるし、考え方も不自然だ」云々――にすっかり動かされたオセローがついにキャシオー殺害を命ずる、その直前の場面である。

オセロー　今こそ大理石のようなあの天にかけて、
　聖なる誓いに頭を垂れ、
　ここに誓言《せいごん》する。
イアゴー　まだお立ちになりませんよう。　（ひざまずく）
照覧あれ。永遠に輝く太陽よ、月よ、星々よ、
我らを取り巻く森羅万象よ、
イアゴーはここに、その頭と手と心のすべてを恥辱を受けたオセローのために捧げる
ことを誓います。　（第三幕第三場）

これは「悲壮ナル感ジヲ起ス句」だが、それが「悲壮」であるには両者が「dead

earnest〔絶対に真剣〕」で「noble cause〔高貴な大義〕ニ身ヲ委ネ」、「君臣ハ刎頸ノ盟アル義士ナルコト」が前提となる。ところが実際はイアゴーは「earnest」ではないし、オセローの方は「earnest」だとしてもそれは「noble cause ノ為メニ」ではないとして、漱石は左のような図を入れている。

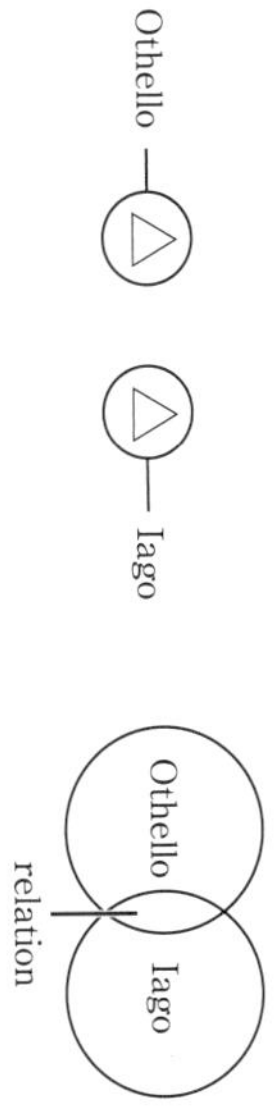

※「断片46」（『漱石全集』第十九巻、岩波書店、一九九五、349頁）の手書きの図をもとに作成。

「◬」または「F……：個別の言葉」

この図に続いて「Objective relation (1) ○ハ Othello ノ全体ヲ示ス △ハ Othello ノ此句ヲ示ス」との説明がある。その後の記述も勘案して再定義すれば、「Othello」と線で結ばれた大きな「○」はオセローの性格《キャラクター》を総体として表現し、その内部の「△」は彼の科白を含む個々の言動を示す、ということになるだろう。イアゴーについても同様である。

そうすると「○：△ノ興味ハ○ノ性質ニヨリテキマル」はずで、「Iago ノ△（句）ノ興味モ彼全体ヲ示ス○ト此句△トノ relation ニヨリテ大変異ナッテクル」。またこの対話すなわち「二人ノ句ヲ sum〔総和〕シタル者」も「Othello ノ全体○ト Iago ノ全体○トノ性質」に依存して「全体ノ興味ハ異ナッテクル」ともいう。つまり登場人物の個々の科白（△）もそれぞれを単体として聞き流すのでなく、人物「全体」を示す「○」から出てくるものとしてその「○」との関係において見ることになるという指摘である。

　ここで個々人の「○」を区別するために、オセローの「○」を「○《O》」、イアゴーのそれを「○《I》」と記号化してみよう。するとオセロー（○《O》）とイアゴー（○《I》）との対話は、○《O》が繰りだす言動△《O·1》、△《O·2》、△《O·3》……と○《I》から出てくる△《I·1》、△《I·2》、△《I·3》……とのかなり複雑な交錯として観客に届いていることが見やすくなる。たとえば△《O·1》がそれまでの○《O》がもっていた○《I》のイメージと矛盾するようであったり、△《I·1》と△《I·3》がすでに矛盾していて、○《O》には○《I》が嘘を言っているとしか思えなくなったり、といった形で新しい刺激が次々に飛んでくることで、観客は舞台に釘付けにされるようなスリルを味わうことにもなる。オセローとイアゴーとの右の「誓い」に至るまでの長いやりとりなど、まさにその極みではないか。

　逆に言えば、そのあたりを感知しない観客・読者には『オセロー』の面白みも凄味も十分に食い入ってこないわけで、このことは『ハムレット』など他の劇でも同様だ。ところで、「○」と「△」との複合による対話の解析という漱石の発明は、実は「断片46」の時期に突然降って湧いたものではなく、たとえば前章に引用した『ノート』「〔Ⅳ-4〕ＦトＦ＋ｆ」の図解（139頁）での「F……」と「separate word〔個別の言葉〕」の対も、実はそれぞれこの「○」と「△」に対応するものだったといえる。

しかも、すでに見たとおり、そこでの「F……+f」から線が引かれて「sequence of〔F+f〕Shakespeare ヲ見ヨ」との書き込みにつなげられていることからしても、この対概念がシェイクスピアに触発されての発想である可能性は小さくないのだ。つまり「F……」は「○」〔変容しうるものとしての性格《キャラクター》全体〕に、「separate word〔個別の言葉〕」は「△」〔個々の科白〕に対応し、内容が論理的か非論理的かを問わず、その両者に「f」〔感じ／感情〕が付随していくという指摘である。

つまるところ、「◬」は「F……：separate word」の関係の図案化であり、「Ｆ＋ｆ」の変転が劇の「興味」の増減を左右するという発見の記号的定式化である。『文学評論』「序言」で推奨された「批評的鑑賞」の、一つの具体化でもある。

斬新なこの公式は、『文学論』以後における漱石の最大の理論的達成の一つだろう。見方をずらせば、人間がつねに矛盾を抱えていることに注目を促す「仮対法」の解析と応用も、矛盾した両面のうちどちらが表に出るかによる「性格一転」の称揚も、「○」内部における「△」の複数性・多様性・変容に目を向けることと同じ根を持つはずで、その意味では、これらすべてを〝△⃝理論〟という幹から出た枝葉のように見ることも可能なのである。

ところで、性格《キャラクター》全体としての「○」が仮に安定しているとしても、自ら持す「○」と他者から見ての「○」が異なる場合——イアゴーやヴァイオラの「我は我ならず」（I am not what I am）的状況——もあり、その場合は、そこから出てくる科白（△）はいま現前している〝I〟（○《I・1》）から出るものなのか、それともそれとは異なる〝what I am〟（○《I・2》）からのものなのかによって異なるし、また相手の側ではそれを正しく認識するか誤認するかでまた異なる結果を生むかもしれない。両者が同時併存する場合は仮対法的となるし、片方であり続けているようでも、他者の「△⃝」との相互作用によって「一転、又一転」する。

そして「一転」するとは、特定の性格《キャラクター》（○）が与える「感じ」に大きな変化が生じるということだが、この変化は必ず「其感情を起す事実」によっている。その「事実」が見えない場合は「謎」が構成されて、それが面白味や凄味を増す次第だが、それもまた、原因をなす「事実」は必ずあるはずだという観客・読者の予断を前提してこそ機能する仕掛けである。これらを綜合して説かれるのが、個々の「感じ」について「其感情を起す事実」を探ることが「批評的鑑賞」の前提となる、という『文学評論』「序言」で『ハムレット』に即して説諭された基礎的方法論であったと見ることができる。

気前のいい、悪魔のいる手

「断片46」では続けて、『オセロー』第三幕第四場でオセローがデズデモーナの手を見て「暗ニ自己ノ怨恨ヲホノメカシテ其貞節ナキヲ見露ハサント力《つと》ムル」科白が引用されるが、こちらもまたオセローの「△⃝^{O}」とデズデモーナの「△⃝^{D}」との交錯が感興をいや増していく場面である。問題の科白の少し前、オセローが登場したところから引用してみよう。

デズデモーナ　今度こそそばを離れないわ、キャシオーを呼び戻してもらうまで。ご気分はいかが、あなた？

オセロー　元気ですよ、奥様。（傍白）ああ、心をあざむくのは苦しい！——お前はどうだ、デズデモーナ？

デズデモーナ　元気よ、あなた。…（A）／元気ですよ、旦那様。…（B）

オセロー　手を見せてごらん。しっとりしているね。
デズデモーナ　まだ年も取らず、悲しみも知らない手ですもの。
オセロー　実り豊かで気前のいい心が表れている、
熱い、熱い、そしてしっとりしている。この手相を見ると
お前に必要なものが分かる、自由からの隔離、断食と祈り、
きちんとしたしつけ、信心のための修行だ、
ほら、ここには若くて汗っかきの悪魔がいる、ここだよ、
こいつがよく謀反を起こすのだ。いい手だ、
物惜しみしない手だ。
（第三幕第四場）

「実り豊かで気前のいい心」のにじみ出た手を讃えながら、そこに「若くて汗っかきの悪魔がいる」などと「準対置」を始めるオセローの「△」は、これもまた仮対法的である。この「準対置」による凄味が忽然と浮揚し、かつなぜそんな妙なことを言いだすのかデズデモーナにはまるでわからず戸惑うことで、観客の「興味」を急騰させる言葉たちがそこにある。

ここで少々横道に入らせてもらうが、デズデモーナの二つ目の科白は松岡和子訳では（A）だったのだが、二〇〇七年の蜷川幸雄演出での公演の際、（B）に変更されたという経緯がある。その理由はこうである。

デズデモーナ役の女優が、稽古に立ち会っていた松岡に、この「あなた」はそれまで何度も言ってきた「あなた」と違う気がするとの疑問を投げた。松岡が原典に当たり直したところ、他の箇所ですべて〝my lord〟だった「あなた」がここでのみ〝my good lord〟だと判明する。つまりオセローから「元気ですよ、奥様〔Well, my good lady〕」と、これまでと違う他人行儀の「△」を向けられて調子を狂わされたデズデモーナが〝Well, my good lord〟とやはり他人行儀の「△」で返したのであり、それゆえ翻訳でもその機微というか、「a nice difference of psychology」――第三章で見た、キャシオーによるハンカチの扱いをめぐる漱石コメント（第四幕第一場）に出る言葉――が表現されることが望ましかったのである。[※9]

※9　松岡和子『深読みシェイクスピア』（新潮文庫、二〇一六）一五四～六四頁。なおこの公演はＤＶＤ『彩の国シェイクスピア・シリーズ NINAGAWA × SHAKESPEARE Ⅳ』（ホリプロ）で鑑賞が可能。

ドラマには動機の選択が必要

たとえばそのように変異する「△」のやり取りによって、互いの「○」認識も変容し続けるなかで繰り出されるのが、「断片46」で解析されるオセローのやや長い科白なのだ。この科白を単独に見れば、ハムレットがオフィーリアに向けた例の「尼寺へ行け」の暴言（第二章参照）と同じような「感じ」もあるが、「事実上ハ左様ナ感ガ起ラヌ」と漱石は書いている。それは「Othello ナル全体○ト△ナル此語ノ relation」が、ハムレットなる「○」（全体）と彼がオフィーリアに向けた「△」（言葉）との関係とは異なるからだと。実はほぼ同じことを漱石は講義中にも述べていた。野上の筆記と小宮のそれとを並記してみよう。

> Othello が Desdemona の手を握つてわからぬことを云ふのは、ちよつと Hamlet が Ophelia に対してわからぬことを云ふのと似てゐる。併し読む方の感じはちがふ。Hamlet のは錯乱した頭の tension〔緊張〕から出る言葉で pathetic〔哀切〕である。Othello のは作り出した言葉で、虚偽がある。凄いやうなぼんやりした感じはないこともないが、惜しいことに Othello のはあまり pathetic でない。
>
> （野上）

殊にOthelloのこれらの言葉が、Desdemonaをおびき出す為に言はれる言葉であるといふ事を知ると、面白味は、急に消え失せてしまふ。この意味でdramaには返す返すもmotive〔動機〕の選択が必要である。　（小宮）

ここで「面白味は、急に消え失せてしまう」というのは、漱石自身がそう感じなければ出てこない批評であるはずで、ここもまたシェイクスピアの「失敗である」と、あるいは喉元まで出かかっていたのかもしれない。その場合、何に「失敗」したかといえば「動機の選択」においてだというのが、ここでの論点である。

すでに見てきたように、漱石によれば、「面白味」は論理的な自然さよりむしろ「活きてゐる」かのような「状況」のリアルさに左右されるもので、そうした諸「状況」を組み上げる設定の技巧をしも「結構」と呼ぶのであった。オセローのこれらの言葉が「Desdemonaをおびき出す為」という「動機」によるものと判明すれば、論理的にはスッキリしても（推理小説で犯人の正体や動機が解明される場合のように）、リアルに「活きてゐる」ものから受ける凄味は減殺する。とすれば、ここでのオセローにはどのような

「動機」を持たせればよかったのか。

ヒロインを追いつめる男の「動機」

　そもそも登場人物（○）がなにがしかの言動（△）を採るまでの「心の成行」はなんらかの「動機」に動かされているはずで、とりわけそれが「異常な活動」であれば、その「動機」が観客に理解されることの重要性はいや増す。これをどう設定するか、複数の候補がある場合はどれにするかの「選択」は、観客・読者に見えるようにするか否かをも含めて、作者の裁量にゆだねられる。とすれば、その裁量がどんなであったかもまた読者・研究者の「解釈」にゆだねられるほかないわけで、オセローが妻殺しを決めた「動機」について、漱石が「自己本位」の解釈を立てていたことは前章に見たとおりである。

　さて、「断片46」に戻ると、さらにヒロインを追いつめる両主人公の類似した科白が実は似て非なるものであることを三点にわたって論じていくのだが、それらはいずれも男たちの「動機」を問題にするものである。第一に、オセローの科白は相手の心意を見抜こうという「探偵的」なものであるがゆえに、ハムレットの言葉にはある「pathetic ナ心細イ憐レナ感ガナイ」こと。第二には、オセローが「積極的ニワルガシコク出テ」いるのに対して、ハムレットには「自衛的」でやむを得ないという消極的な部分があること。そして第三に挙げられるのが、ハムレットは「他ノ duty ノ為ニ Oph. ヲステル」がゆえに「forlorn ナ所」や「纏綿の情」が伴うという第二章で解析した論点であり、これに対してデズデモーナを罰しようとするオセローの言葉は情感もなく、「損得ヲ含ンダル商売的ナ文句デアル」というのである。

つまり、愛する女に暴言を吐いて心理的に追いつめるという行動だけ見ればハムレットとオセローは同等だとしても、そのような言動がどこから来るのかという「動機」の部分で、二人の男の心理は大きく異なっている。ハムレットに与えられた「動機」は受け入れられても、オセローに見られる「探偵的」で「積極的ニワルガシコク」、「損得ヲ含ンダル商売的ナ」までの「動機」に、漱石はついてはいけないものを感じているのだ。

動機が二分すると心の状態が矛盾する

『オセロー』について漱石が感じてきた「感じがわる」く「読んで決して好い感じの起るものではない。不愉快である」という理由の一環に、オセローに与えられたこのような「動機」があることはすでに明らかだろう。そのことは、ハンカチの移動によるドラマ作りという第三章で論じた部分でも示されていた。第三幕第四場のオセローがハンカチ紛失のことでデズデモーナを責め立てるあたりを見ると「ハンケチがこの drama の大趣意で、悲劇はハンケチに始まつてハンケチに終るものらしく見える」が、「然るに全体から言ふと、ハンケチは単なるツマのやうなものであるに過ぎない」とある。この二律背反をめぐって、漱石はこのように述べた。

このハンカチの挿話を「全体から截り離して、是だけとして取り上げて見ると、いかにも romantic で面白い」のだが、他方で、

> Othello がハンケチの事をこのやうに大袈裟に言ふのが、あまりに不自然に思はれて来る。Othello の心持の方から言つても、motive がかういふ風に二つに分れて来ると、Othello の心の状態が矛盾して来るのである。
> （第三幕第四場）

つまり「動機」が二分すれば「心の状態」にも「矛盾」が発生することで、悲劇進行の条件である〝苦痛に釘付け〟状態が妨げられるというのだ。このハンカチは、もともとモーリタニアの母に与えられた大事の品であるということから、その軽視はオセローの血族、

ひいては人種への侮辱でありうる。またそこに入れられている赤い苺の刺繍は、初夜の出血どころか、女性器そのものを象徴するという見方さえある（Stephen Greenblatt, *Shakespeare's Freedom*; Univ. of Chicago Press, 2010, p.48）。こうなると、その紛失は性道徳の喪失とも受け取られ、いずれにしろ懲罰に値する。

　後者のような象徴機能にまで漱石の読みが届いていたかは不明ながら、ともかくオセローの「動機」は、嫉妬そのものと怒りまたは懲罰欲求――「神に代わって」の「大義」の遂行であり、それゆえ「探偵的」ともなりうる――との「二つに分れて来る」。その結果、オセローの「心の状態が矛盾して来る」ことを漱石はよしとしなかったのである。

　それでは、この場面に学んだ形跡のある『虞美人草』の前掲の場面で、金時計の移動を目撃させられた宗近さんの場合はどうなのか。こちらはもともと藤尾への情熱は「外交官の女房にや、あゝ云ふんでないと不可《いけ》ないです」（十六）という程度にしか言葉にされていなかったし、嫉妬に苦しむ様も描かれることがない。もともと「行為」を旨とする人とされ（十六）、金時計の寸劇を契機に俄然「活躍の児」となるこの男の「動機」は、ここで明快に叙述されはしないけれども、それが二分して「矛盾して来る」ように見えることはない。

『行人』の一郎はといえば、こちらは宗近とは対照的な、「行為」のできない思索家であり（甲野さんに、ひいてはハムレットに似る）、悲劇に向かうその「動機」は、オセローにおけるような懲罰欲求が皆無ではないとはいえ、その背後に「大義」があるようには見えないし、それと「嫉妬」とで「二つに分れて来る」というきらいは感知されないのである。

第七章　金剛石《ダイヤモンド》の様な女

──『虞美人草』と『アントニーとクレオパトラ』

美文弁士がしゃしゃり出る沙翁劇

「自然と悲劇に運び去る手際」の前提として「苦痛に釘付けに」したまま観客を引っ張っていく吸引力が必要とされ、その実現には、主人公の行動の「動機」が分裂の気味なく観客に直入すること、またそのためには当の主人公が「中心になって語り出す」ことが望ましい。概略そのような「悲劇」観が漱石にあったことが、前章までの探索から見えてきた。『オセロー』講義から一年を経ないうちに書かれたとおぼしい悲劇的小説『虞美人草』は、それでは、そのような条件を満たすものであったのだろうか。

そもそも「悲劇」かという疑問もあろうが、ヒロインが死んで幕となるのは古来の悲劇の定石を踏むものだし、死後にはその異母兄、甲野さんの「悲劇は喜劇より偉大である」云々の「セオリー」（小宮豊隆宛書簡〔一九〇七年七月十九日〕での説明）が置かれることから見ても、これが「悲劇」を強く意識した作品であったことは明白だ。

文体はといえば、すでに何か所かを引用してきたとおり、「俳句を繋げて行くような文章」（小宮豊隆『夏目漱石』一九三八〔岩波文庫、一九八七〕中、二九六頁）の絢爛さは『草枕』の継承というか、それに輪をかけたもので、その意味では前章に見た「断片46」での分類でいえば〝空間・絵画的〟な「低徊趣味」の小説の資格十分と見える。ところがその一方で、〝時間・因果的〟な「推移趣味」の事件継起のプロットを張らずには「悲劇」にはならないという、すでに見てきた実情がある。

この事情のゆえに、「断片47A」で説かれていた意味での「結構」において『虞美人草』は『草枕』とは根本的に別趣で、しかもその「推移」の仕掛けは、漱石の全小説中で最も、あるいは当時の日本の小説全般にあっても、きわだって演劇的なものであった。「はつと思ふ刹那」に女が男に金時計の鎖を巻きつけてしまう瞬間には第五章で立ち会ったが、この即興的な劇中劇ともいうべきあざとい場面を含め、物語があたかも舞台上の芝居を見守るかのごとき進行を見せるのだ。

その演劇的な物語展開を押さえておくと、まず京都旅行中の甲野さんと宗近さんとの会話の場と東京の甲野家での藤尾と小野さんの交流の場とを交互に中継していく「一」から「六」までが、五幕劇なら第一幕にまとめられそうな部分。その甲野・宗近コンビがすでに旅館で見かけていた井上孤堂とその娘・小夜子と偶然にも列車に乗り合わせて、四人揃って東京へ移動し、この孤堂が実は小野の恩人で、小夜子は彼と曖昧ながら婚約の関係にあるとわかるまで（七〜十）が第二幕だろう。折しも開催中の東京勧業博覧会で、甲野・宗近両家と井上父娘を連れた小野さん一行との遭遇が藤尾の嫉妬と怒りに火をつけるあたりまで（十一〜十四）を第三幕とすると、第四幕は一転、宗近さんが意外にも外交官試験に合格して藤尾への求婚に動き、他方、小野さんが友人を通して井上に小夜子との破談を申し入れるまで（十五〜十七）である。

　こうして迎える大団円の第五幕では、例の金時計譲渡の劇的な場面を契機に、宗近さんが俄然「活躍の児」となって人力車を方々に派遣し、逢引きの約束のあった小野と藤尾も、井上父娘も、主要登場人物全員を甲野家に集合させる。この場で小野は小夜子との結婚を表明し、それならと藤尾が宗近に差し出した金時計を、宗近は暖炉に投げつけて破壊。そのショックでか藤尾が死んでしまうというのが結末である。

　藤尾の死因が医学的に明らかにされることはないが、その死後に甲野さんが継母（藤尾の実母）に垂れるお説教めいた言葉や、すでにふれた結びの「悲劇は喜劇より偉大である」云々の日記の記述から、物語上の必然性は説明される。第五章に引いた『「オセロ」評釈』での漱石の批評――「之は Othello の口を借りて Shakespeare が説明するのである」――のひそみにならえば、これはまさに作者が顔を出して作意を「説明する」ようなものである。この側面を捉えれば、『虞美人草』は〝美文調の弁士がしゃしゃり出る沙翁劇〟とも評すべき失敗作に違いなく、後年、あるドイツ女性からなされた独訳の申し出も自ら謝絶してしまったが、その理由として漱石は「出来栄《ばえ》よろしからざる」ことを挙げていた（高原操宛書簡、一九一三年一一月二一日）。

セオリーを説明する小説

とはいえ、この藤尾は連載開始早々、三越百貨店が「虞美人草浴衣」を、三宝堂が「虞美人草指輪」を売り出すなどの便乗商売もはやり、人気を宿命づけられたヒロインであった（詳細は前掲拙著『夏目漱石』（注4）参照）。小宮豊隆は、漱石に最も愛されたように周囲に見られ、三四郎の、また『こころ（上・中）』の若い「私」のモデルと目されることになる門弟だが（森田草平『漱石先生と私』下、二六九頁）、この小宮までが藤尾へのファンレターめいた手紙を書き送る始末。連載二十回あたりでその小宮に宛てた漱石の、すでにふれた「セオリー」の語を含む返信はよく知られている。

藤尾といふ女にそんな同情をもつてはいけない。あれは嫌な女だ。詩的であるが大人しくない。徳義心が欠乏した女である。あいつを仕舞に殺すのが一篇の趣意である。うまく殺せなければ助けてやる。然し助かれば猶々藤尾なるものは駄目な人間になる。最後に哲学をつける。此哲学は一つのセオリーである。僕は此セオリーを説明する爲めに全篇をかいてゐるのである。

つまり『虞美人草』の主目的は「説明」であり、説明すべき「セオリー」ないし「哲学」は結末で甲野さんが説く「道義」にほかならなかった。『草枕』的な「俳諧的文学」にあきたりなさを感じた漱石が、今後は「死ぬか生きるか、命のやりとりをする様な維新の志士の如き烈しい精神」で文学をやると一転して以降の「烈しい精神」が目指したのが、「文芸の哲学的基礎」で並べた四種の理想――美・真・道義・荘厳――（第四章参照）のうち特に「道義」に焦点化するものだったことは明白だろう。

視点を方法的な側面に移すなら、同様に「道義」を志向した「二百十日」や『野分』で未熟だった「推移趣味」的展開の面白みを補強すべく、「結構」を練りに練った長編が『虞美人草』だったのであり、取りかかるにあたって再読したと思われる作品として、まず挙げられるのが、『マクベス』翌年の作とされる『アントニーとクレオパトラ』（推定執筆年 一六〇七）である。

クレオパトラのユーモア

「沙翁《しえくすぴや》の書いたものを見ると其女の性格が非常によく現はれて居ますよ」「沙翁の描いたクレオパトラを見ると一種妙な心持ちになります」云々の小野さんの講釈によってその登場が飾られるとおり（二）、藤尾のモデルはクレオパトラなのだが、この戯曲への漱石の書き込みは残されていないし、このエジプト女王を描く二つの長い引用文も、実はシェイクスピアではなくプルタルコス『英雄伝〔対比列伝〕』からのものである。

小野さんは続けて、「紫色のクレオパトラが」どうのと藤尾が着ている着物の色に結びつけ、藤尾もこれに反応して紫の袖を翻《ひるがえ》す。こうして二人の女主人公が重ね合わされていき、女王がローマへ一時帰国したアントニーを追っていくことはないと小野さんが教えると、藤尾は「私だつて行かないわ」と納得する。自分との間にすでに子もなしているアントニーがそこでオクテヴィア（オクテヴィアス・シーザーの姉で美貌の未亡人）との政略結婚に合意したと聞いてなお、あるいはなおさらか、行かないというのである。ここから、「クレオパトラの臭《にほひ》がぷんとする」藤尾がたびたび話の腰を折り、場を支配しつつ会話を進めてから、こう出る。

「クレオパトラがどうしました」と抑へた女は再び手綱を緩める。小野さんは駈け出さねばならぬ。

「オクテギヤの事を根掘り葉掘り、使のものに尋ねるんです。其の尋ね方が、詰《なじ》り方が、性格を活動させてゐるから面白い。オクテギヤは自分の様に脊が高いかの、髪の毛はどんな色だの、顔が丸いかの、声が低いかの、年はいくつだのと、何所迄も使者を追窮します。　（二）

クレオパトラのこの「追窮」は、後段で小夜子という恋敵が出現してから藤尾が実際にやってしまうことに酷似しており、その面から見れば、小野さんのこの科白は、グリーンブラットが「予期的（ないし予弁的）パロディ」(anticipatory, or proleptic parody) と呼んだ手法を含んでいる。たとえば『ヘンリー四世 第二部』で、安酒場で呑んだくれるフォールスタッフのもとへ使者が現れて彼を宮廷へ召還する。ここでご当人、「出来る男ってのは引く手あまたよ」などと豪語したはいいが（第二幕第四場）、行ってみると、それまで「ハル」と呼び捨てて親友づきあいしてきた新王から「私はお前など知らない」と突き放されてしまう（第五幕第五場）。つまりフォールスタッフの豪語には後に起きることへの予期的な反語——「趣味の遺伝」での表現によれば「諷語」（序章参照）——が含まれており、それを嗅ぎつける観客はかえって「用心深い懐疑」を促される。グリーンブラットはこの種のパロディこそ「シェイクスピア劇の主要な構成原理」をなすものだという（Stephen Greenblatt, *Shakespearean Negotiations*, Univ. of California Press, 1988, p.55）。

「シェイクスピアの登場人物で、フォールスタッフほどクレオパトラに似ていない性格《キャラクター》はないものの、劇的機能において両者には奇妙な連携〔an odd link〕がある」と評したのはノースロップ・フライ（*Northrop Frye on Shakespeare*, p.128）だが、その「連携」の一例が「予期的パロディ」の繰り出しなのであって、これを請け負う人物が苦いユーモアを帯びてくることは、自然の成り行きでもあるだろう。

クレオパトラ　〔オクテヴィアの〕背の高さは私くらい？
使者　いえ、それほどでも。
クレオパトラ　話すのは聞いた？　甲高い声、それとも低い声？
使者　話すのを聞きました、低い声です。

クレオパトラ　それはよくない。いつまでもアントニーが気に入っているわけがない。
シャーミアン　あの女が気に入る？　おお、女神イシスよ、そんなことはあり得ません。
クレオパトラ　私もそう思う。口が重くてちんちくりん。
歩き方にはどんな威厳がある？　思いだしてごらん、
威厳というものを見たことがあるなら。
使者　這っています。
動いてもじっとしていても同じ。
生きた人間というより物体です。
息をする者というより銅像です。
クレオパトラ　それは確かか？
使者　確かでなければ、私には観察力が無いということで。
シャーミアン　この男よりいい目をした者は
エジプトには三人もいません。
（第三幕第三場）

シャーミアンは終幕で女王の後を追い、自らも毒蛇に身を噛ませて死ぬことになる最側近の侍女だが、ここでは使者と一緒になって主君に取り入る、その迎合ぶりが露骨の極み。クレオパトラ自身もそのことを感知しながら彼らの嘘に乗っている感もあって、彼女のこれらの言葉も、アントニーとの離反、そして自死という結末へ向けての、ゆるやかな「予期的パロディ」をなしている。

結末を予期しながら劇を見る、このような視座からすれば、フォールスタッフの「出来る男ってのは引く手あまたよ」という豪語の「f」の背後には、ハル王子が吐くであろう「私はお前など知らない」の「f′」がひそんでいたわけで、「シェイクスピア劇の主要な構成原理」とされるこのような「結構」自体が仮対法的なものだとも言える。

金剛石のように光る「謎の女」

しかしながら、クレオパトラが漂わせるこの種の深みある諧謔《かいぎゃく》は、『草枕』の那美さんにはうかがえても、藤尾には見いだしがたい。ただ、連載の序盤（右記のまとめではほぼ「第一幕」に相当する）の作者には「うまく殺せなければ助けてやる」との意向もあった以上、運がよければ、書き進めるうちに、那美さんに対してもっていたものに近い慈しみの情が湧いてきて、「不自然」な頓死《とんし》とは異なる方向に進められるということもありえたはずである。にもかかわらず、そのように進行しなかったのは、諸々の言動（△）とそれが他者に及ぼす効果により、むしろ外側から固定されていった藤尾の性格《キャラクター》（○）自体が、もはや同情を容れないものへと固まっていったということだろう。

第三章で垣間見たとおり、藤尾はもともと「肯定の辞に否定の調子を寓する霊腕を有し」「矛盾した両面を我の一字で貫かうと」する女である点で、仮対法的性格《キャラクター》（○）の持ち主でもあったはずだ。もし彼女が『坑夫』の「自分」のようにそのことを客観視して言動（△）に表すなら、那美さんにある類のユーモアも発散しえただろう。実際、連載開始まもないあたりでの小野さんとの、右記の会話あたりにはその気配もあったのだが、中盤からはそれが萎縮してしまう。

この意味ではむしろ、「我《が》の女」藤尾に対して「謎の女」と語り手にあだ名され、藤尾の死後は甲野さんから説教される母親の方が、クレオパトラに接近してくる。宗近家を訪問する際の彼女はこのように描かれる。

> 謎の女の居る所には波が山となり炭団《たどん》が水晶と光る。禅家では柳は緑花は紅《くれなゐ》と云ふ。あるひは雀はちゆ〳〵で烏はかあ〳〵とも云ふ。謎の女は烏をちゆ〳〵にして、雀をか

> あく〳〵にせねば已《や》まぬ。謎の女が生れてから、世界が急にごたくさになつた。謎の女は近づく人を鍋の中へ入れて、方寸の杉箸に交ぜ繰り返す。〔中略〕謎の女は金剛石《ダイヤモンド》の様なものである。いやに光る。そして其光りの出所が分らぬ。右から見ると左に光る。左から見ると右に光る。雑多な光を雑多な面から反射して得意である。　（十）

すぐ後の言及で明らかになるとおり、「近づく人を鍋の中へ入れて、方寸の杉箸に交ぜ繰り返す」のは「悲劇マクベスの妖婆」の仕事である。藤尾の母はこれに呼応し、「妖婆」（魔女）たちがマクベスに投げつける例の謎——「きれいは汚い、汚いはきれい」（Fair is foul, and foul is fair）——が光沢のある和服を着て歩いているような人物だ。そして彼女は作者に嫌われることでは藤尾と同等ながら、仮対法的矛盾を誇らしく八方に発散する「金剛石の様な」女として苦笑を誘う。その局面においては、娘以上にクレオパトラ的なのである。

『虞美人草』の構想図

さて、この『虞美人草』の構想ノートとして書かれたと見られるテクストが、先にもふ

断片47A（『漱石全集』第十九巻、岩波書店、1995、354-55頁）**の手書きの図をもとに作成**

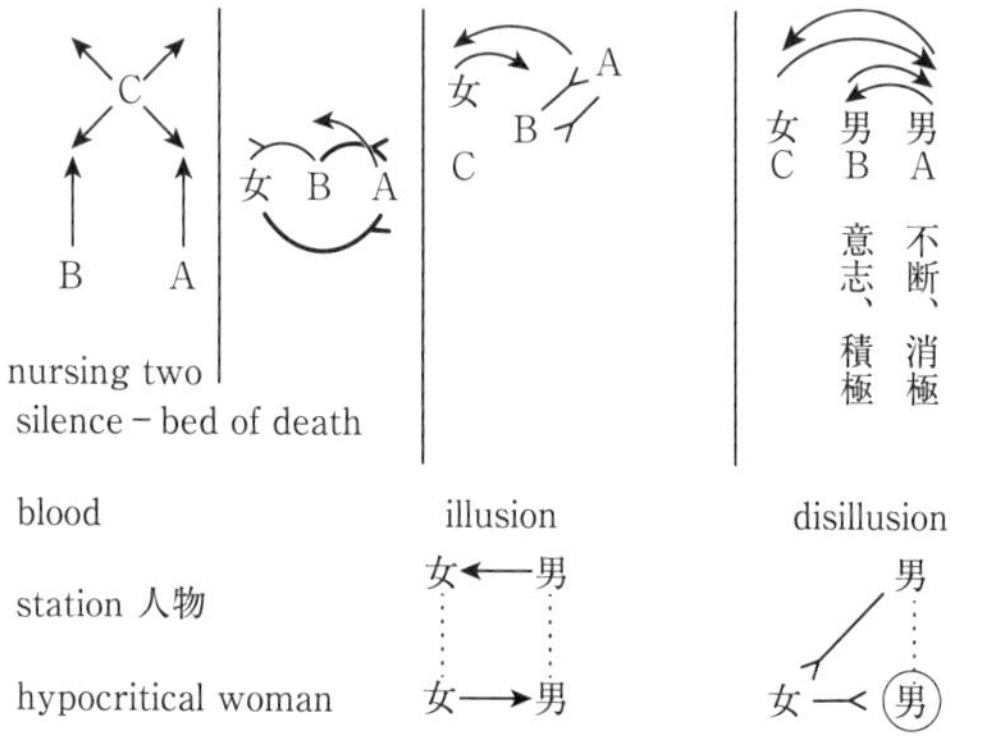

れた「結構」をめぐる考察を含む「断片47A」である。「○：△」の理論を展開した「断片46」と同程度の分量（『漱石全集』で六頁）があって三部に分かれ、「○結構」に続く第二の部分が「○筋」と題された上の図。最終部は「○ Great literature〔偉大な文学〕ハ tragic〔悲劇的〕ダト云フ」に始まる長文だが（全集で一頁以上）、実はその内容が『虞美人草』結末部での甲野さんの日記の趣旨とほぼ同一なのである。すなわち「喜劇ガ忽然ト悲劇ニ変ズル」ことの必要性を説き、「根本義ノ念ヲハット思ヒ出ス為メニハ悲劇デナクテハ出来ヌ」という結論に至る論述である。

その前に置かれたのが上図で、『虞美人草』

の主要登場人物の相互関係を図示したものと見られる。すなわち「男A　不断、消極」が小野さん、「男B　意志、積極」が宗近さん、「女C」が藤尾を指すことは明らかで、この三者がどのように力を及ぼし合うかが右から左へ四局面にわたって図示されている。

左端に「nursing two〔看護する二人〕／silence — bed of death〔沈黙—死の床〕」とあるのは、二人が藤尾の臨終を見守る場面が当初の構想にあったことを思わせるが、その下に、「blood〔血〕」「station 人物」[※10]と来て、さらに「hypocritical woman」と書きつけられていることが注目に値する。「hypocritical woman」を直訳すれば「偽善的な女」であり、これが構想中の藤尾を指して言われていることに疑問の余地はない。そしてこの「偽善」(hypocricy) こそは、翌年の長編『三四郎』で一主題をなしもする、漱石文学のキーコンセプトの一つにほかならない。

※10　「station」は解釈困難だが、「situtation」の誤記と考えれば理解しやすい。誤記でなければ「立ち位置」のような意味か。なお、図中の「↓」は好意的ないし誘惑的な働きかけ、「Y|」はその逆の心理を示すものかと推測される。

第八章　無意識な偽善家《アンコンシアス、ヒポクリット》――『三四郎』と平塚らいてう

〝新しい女〟平塚明（らいてう）

第六章で「低徊趣味／推移趣味」の対概念を導入する際に言及した談話「文学雑話」は、『三四郎』（一九〇八年九〜十二月）連載開始まもないころのもので、『虞美人草』と『坑夫』の総括に立ち、その後のどんな経験から『三四郎』が構想されたかを漱石が腹蔵《ふくぞう》なく語り出した貴重なテクストだ。本章では、この時期の漱石の、読書や実生活上の経験にやや詳しく立ち入ることを通して、漱石とシェイクスピアとの間に見え隠れする、「悪」と「悪人」に向かうスタンスの微妙な差異を視野に入れるべく歩を進めていきたい。

その「文学雑話」でも話に出ていることで、この時期の漱石に降りかかった出来事として忘れてならないのが、当時無名に近かった弟子の森田米松（のち「草平」と号す）が、やはり無名ながら三年後には「らいてう」と号して『青鞜』を創刊することになる日本女子大学卒業生、平塚明《はる》との間に起こした心中未遂事件である。事件は同年三月のことで、森田自身がその経緯を描いた小説『煤煙』が翌〇九年元日から『東京朝日新聞』（『大阪朝日』は採らず）に連載されるに及んで「煤煙事件」と呼ばれるようになる。

らいてうの側ではこの呼称を嫌ってあくまで「塩原《しおばら》事件」と呼び続けたが、それは二人が警察に保護された場所——栃木県塩原温泉郷奥のまだ雪深い尾頭峠付近——にちなむ呼称である。東京へ連れ戻された森田は、メディアの攻勢から逃れるべく漱石宅に庇護され、その後一か月余、そこに居そうろうすることになるのだが（期間は森田の前掲『漱石先生と私』による。二週間程度だったという説もある）、この間、平塚明の特異性をめぐって交わした師弟間の議論が『三四郎』の美禰子の造型に影響していることは、「文学雑話」でも認めるとおりなのである。

三年余ののち、日本初の、女性のみの手になる雑誌『青鞜』の創刊が大きな反響を呼んだことはよく知られるとおりで、さらに二年後の一九一三（大正二）年一月、『中央公論』に評論「私は新しい女である」（単行本収録の際「新しい女」と改題）を掲載したらいてうは、実際のところ、〝日本初の新しい女〟と呼ばれるにふさわしい女性であった。

どこが〝新しい〟かの詳細は別稿[※11]をご参照いただくほかないのだが、ともかく平塚明は日本女子大在学中から、日暮里にあった「両忘庵」で釈宗活（かつて鎌倉円覚寺で漱石も世話になり、『門』に登場する「宜道」のモデルとなった臨済宗僧侶）に参禅していた。臨済宗で「大事了畢」（悟りの完成）への第一段とされる「見性《けんしょう》」を彼女はそこですでに

※11　拙稿「「新しい女」と女性解放」（『日本思想史事典』丸善出版、二〇二〇年、所収）、また拙著『「新しい女」の到来——平塚らいてうと漱石』（名古屋大学出版会、一九九四年）。

認可されており、その界隈から吸収されたとおぼしい、いわゆる禅問答を思わせる意表を突く応答や相手の問いに答えない黙り込みを、森田との交際においてもしきりに繰り出した形跡がある。

「後になつて見れば、彼女の云つてることが終始禅に関聯したものであつたことは明瞭である」と森田も回顧するとおりで（『漱石先生と私』下、二四～五頁）、彼女のこうしたふるまいが、森田の側で当時入れあげていたダンヌンツィオ[※12]の『死の勝利』の世界と衝突・交錯し、性的衝動もからんでもつれ、こじれた結果が塩原行きだったと見て大きな間違いはなさそうである。それゆえ「心中」とはいっても、近松門左衛門の世話物浄瑠璃に描かれるごとき情緒纏綿たる道行きがあったわけではなく（森田にはそちら側へ引き寄せようとした形跡が多少見られるが）、出奔前の明が自宅に残した書き置き――いくつかの新聞に報じられ、『時事新報』（三月二七日）にはその流麗で力強い筆跡の写真まで掲載された――にはこうあった。

※12　Gabriele D'Annunzio（1863-1938）。『それから』（五の一）、『彼岸過迄』（須永の話 十一）ほかで漱石も「ダヌンチオ」と書いているとおり、旧来「ダヌンチオ」「ダヌンツィオ」などの表記がなされてきたが、イタリア語の原音は「ダンヌンツィオ」に近いので、本書ではそれを用いる。

我が生涯のシステムを貫徹す、
我が cause によつて斃《たお》れしなり
他人の犯すところにあらず
　　　　平塚明

「我が cause」の内容は、らいてうはついにこれを語ることなく生を終えた。オセローが妻を殺すに際して「だからやるのだ」（it is the cause）と自らに言い聞かせていたところの「大義」にも通ずる、超越的な何ものかへの意識があったのか否か、それも今や闇の中だ。

「無意識な偽善家」フェリシタス

森田が漱石宅に起居した期間中、この難解な女性についていくら説明しても、師が納得することはなかったが、この時、もし明も「かういふ女だとすれば、わからないこともない」として漱石が持ち出したのがドイツの作家、ヘルマン・ズーダーマン※13の『過去』（*Es War*、英訳題 *The Undying Past*〔不滅の過去〕）のヒロイン、フェリシタスであり、漱石は彼女を「自ら識らざる《アンコンシアス》偽善者《ヒポクリット》」と呼んだという（『漱石先生と私』下、六三～四頁）。漱石自身はこの経緯を「文学雑話」でこう語っている。

私は此の女を評して「無意識《アンコンシアス、》な偽善家《ヒポクリット》」――偽善家と訳しては悪いが――と云つた事がある。其の巧言令色が、努めてするのではなく殆ど無意識に天性の発露のまゝで男を擒《とりこ》にする所、勿論善とか悪とかの道徳的観念も、無いで遣つてゐるかと思はれるやうなものですが、こんな性質をあれ程に書いたものは他に何かありますかね、――おそらく無いと思つてゐる。

※13 Hermann Sudermann（1857-1928）。旧来「ズーデルマン」と表記されることが多かったが、本書では、標準ドイツ語の原音に近い「ズーダーマン」を使用する。なお『過去』の原題〝Es War〟は英語に直訳すれば〝It Was〟（かつて○○であった）で、これも因縁か、生田長江（一種の私塾である「閨秀文学会」を主宰して森田と平塚明に出会いの場を提供し、その後は彼女の『青鞜』創刊に協力することにもなった）が一九一七年に国民文庫刊行会から日本語訳を刊行することになるが、その題は『消えぬ過去』であった。

「あれ程に書いたものは他にない」という見立てがなんら虚飾のない漱石の実感であったことは、所蔵していた同書への書き込みが証しだしている。

Felicitas ノ性格ハ分化綜合ノ極度（今日の所）に達したる model character〔範型的性格〕ナリ。生涯に一度かゝる性格を描くを得ば遺憾なし。題を *Undying Past* と云ふ。
Felicitas は undying character〔不滅の性格〕ナリ
Meredith と雖モ描いて茲《ここ》に至る能はず。Felicitas ヲ create〔創造〕シ得る小説家は天オナリ

この書き込みには実は長い前段があり、そこには次章で立ち入るが、ともかくここでは、漱石が「生涯に一度かゝる性格を描くを得ば遺憾なし」とまで入れあげる「model character」が、ほかでもない「無意識な偽善家《アンコンシアス、ヒポクリット》」タイプの女性であったことを確認しておきたい。

また〝hypocrite〟という英語について注釈しておくと、それが単語として与える「F

〔焦点的印象又は観念〕」は日本語の「偽善者〔家〕」より広範囲にわたり、それゆえ付随する語感（f）は日本語の「偽善者」が喚起するような嫌悪感をつねに伴うわけではない。そもそもこの英語は「俳優」を意味するギリシア語を語源とするもので、例の〝◬理論〟で公式化するなら、要は、「○[1]」（と見られている人）が時と場合、相手の違いに応じて「○[2]」へと自らを変換して他者の認識に変更をもたらす場合、この種の変換者が〝hypocrite〟と呼ばれる。

この種のふるまいは、しかしながら、思えば誰しも社会生活において、程度の差こそあれ避けがたく実践しているところなのであって、つねに「悪」と見なされるわけでもない。たとえば第四章に見た、イアゴーが向ける「こっそりキスしたら？」等々の〝suggestion〟に対してオセローは「そんなのは悪魔をあざむく偽善〔hypocricy against the devil〕だ」と怒る（第四幕第一場）。悪魔に対抗してその裏をかくのならそれは善行であろうから、「偽善」という日本語もそぐわないという話になる次第だ。

「無意識《アンコンシアス、》な偽善家《ヒポクリット》」について漱石は森田に「つまり自ら識《し》らざるあいだに別の人になって行動するといふ意味だね。自ら識《し》らずして行動するんだから、その行動には責任がない」（『漱石先生と私』下、六三頁。傍点原文）と説明したが、これすなわちイアゴーやヴァイオラが自覚していた"I am not what I am"という「◯[1]」から「◯[2]」への劇的変換が無意識裏に行われてしまう特異な性格《キャラクター》として、漱石には新しいものと映った。その種の類型なら自分にもわかる、「どうだ、君が書かなければ、僕がそういう女を書いて見せようか」と冗談半分に言って造型されたヒロインが里見美禰子だったというのである。

美禰子のコケットリー

『三四郎』の広田先生は当時の読者にも漱石自身を強く連想させたと思われる人物で、佐々木与次郎は鈴木三重吉がこれに「擬せられる」こともある（『漱石先生と私』上、二五七頁）お調子者の学生だが、この二人の間で、美禰子は「あの女は心が乱暴だ」「乱暴の内訌《ないこう》ですか」（六の四）、「一種の露悪家」（七の三）で「偽善を偽善其儘で先方に通用させ様とする正直な所」を特色とする（七の四）といった批評を無遠慮に加えられる。黙って聞いている三四郎の心は揺れずにいない。

もろもろの経緯ののち、美禰子は三四郎と連れだって展覧会へ行く巡り合わせとなり、そこで野々宮の姿が目に入るや、とっさに三四郎に何やら耳打ちするという嬌態《コケットリー》めいた動きを見せる（八の九）。別室へ入ってから「さつき何を云つたんですか」と三四郎が尋ね

ると、相手は「さつき?」と聞き返し、「又真っ白な歯を露はし」、「用ぢやないのよ」と
続けてから「画を離れて、三四郎の真正面に立つ」。

「野々宮さん。ね、ね」

「野々宮さん……」

「解つたでせう」

美禰子の意味は、大濤《おほなみ》の崩れる如く一度に三四郎の胸を浸した。

「野々宮さんを愚弄したのですか」

「何んで?」

女の語気は全く無邪気である。三四郎は忽然として、後を云ふ勇気がなくなつた。無言
の儘二三歩動き出した。女は縋《すが》る様に付いて来た。

「あなたを愚弄したんぢや無いのよ」

三四郎は又立ち留つた。三四郎は脊の高い男である。上から美禰子を見下した。

「それで宜《い》いです」

「何故悪いの?」

「だから可《い》いです」

女は顔を背《そむ》けた。二人共戸口の方へ歩いてきた。戸口を出る拍子に互の肩が触れた。男は急に汽車で乗り合はした女を思ひ出した。美禰子の肉に触れた所が、夢に疼く様な心持がした。

（八の十）

「汽車で乗り合はした女」は小説冒頭で汽車に乗り合わせ、名古屋の旅館で同宿することになったうら若い女性。『草枕』の那美さんよろしく風呂にも入り込んで「流しませうか」と声をかけられもし（当時は混浴が普通だった）、一つ布団の上で背中を接するようにしながら、ついに手を出さずに夜を明かす。別れ際に「あなたは余つ程度胸のない方ですね」という挨拶まで受けていたのだから（一の四）、その後「疼く様な」思いをしたことは、男なら想像にかたくない。

彼女の記憶が意識に浮上したのが「美禰子の肉に触れた」刺激による反応であったことは、だから大方の男性読者には察しがつくし、女性にとっても謎というわけではないだろう。ここで謎が残るとすれば、「互の肩が触れた」ことが美禰子の故意によるか否かだが、美禰子の全体像（〇）が「無意識《アンコンシアス、》な偽善家《ヒポクリット》」としてまとめられるのであれば、漱石はこの行為（△）もまた「故意」と読まれることの方を歓迎したはずである。

美禰子・平塚明は「悪い」のか

それはさておき、ここでは野々宮さんがオセローで、三四郎はキャシオーの地位に置かれている。そこから彼が「中心になって語り出」そうとしているのだが、この場面を自ら創造した「無意識の」〝suggester〟——イアゴーでもあるところのデズデモーナ——は、しかし、「何故悪いの?」ときょとんとしている。つまり「その行動には責任がない」。とはいうものの、この場面を描写するにわざわざ「上から美禰子を見下した」としたところには、作者による「責任」追及ないし懲罰意識が匂う。

なぜというに、三四郎の身長は「五尺四寸五分」（約一六五㎝）と後段で明かされることになるのだが（十一の六）、これは当時としても「脊の高い男」と特記されるほどの背丈ではなく（広田先生の「五尺六寸」より低い）、そのことは戸口を出る拍子に美禰子と「互いの肩が触れた」という記述からも知られる。であれば、ここでのみ「脊の高い」とされるのは実は不自然なのであって、人物の体格がその場の都合により伸縮したものと見られる。「見下げる」という動作に含意される「道義」を論理的な自然さに優先させるという、やや窮屈な「技巧」をそこに読むことができるのだ。

　ともかく、最終的に美禰子は三四郎とも野々宮とも関係を深めることなく、終盤で突如出現した第三の男との結婚を決めてしまう。最後に三四郎に聞こえるように「われは我愆《とが》を知る。我が罪は常に我が前にあり」（十二の七）とつぶやくところをみると、展覧会での行為が「何故悪い」かの反省はした、あるいはその場でも実はわかっていたということにされて、一応の懲罰を受けた形とも読めなくはない。

　とはいえ、美禰子のふるまいに悪いところなど微塵もないとする批評もありうるだろう。その余地を残すところが『三四郎』の「結構」上『虞美人草』と異なる部分であって、同様に「偽善的な女」であっても、「無意識」の部分が大きく前面に出てきた点で美禰子は藤尾から離陸している。だが、そこを認めてもなおこの結末は、幾度かふれてきた「断片47A」の言葉で言えば、「存外まとまらぬ」はずの「自然」を「まとめたがる」という「人情」が出て、そのために「不自然」となった場合（第四章参照）の一例には違いない。

　美禰子の造型への不満を隠さなかった森田草平は、最後に彼女が第三の男のもとへ走る結末にも大きな疑問を呈しているが、『三四郎』のヒロインに現実の平塚明の再現を期待した森田にとって、それは当然の不満であった。平塚明という「自然」は「まとまらぬ」

ままに終始して「まとめたがる」人情を翻弄し、反省や謝罪の言葉を発することなど最後までなかった。「偽善」はほしいままにしても、それが「自ら識らざる」ものとは見えなかったし、広田先生のいう「露悪」をやっているわけでもない。『煤煙』の続編としてやはり『東京朝日新聞』に連載された『自叙伝』（一九一一年）では、彼女が英訳『ツァラトゥストラ』を読んでいて、これより『碧巌録』（宋代の禅語録）などの方がよほど面白いと口にしたことも明かされる。実際、交際中も事件後も、いつ「善悪の彼岸」に飛び出すとも知れない境地にあったことは、『青鞜』創刊の辞「元始、女性は太陽であつた」を皮切りに続々と発表した、「高原の秋」「ノラさんに」「円窓より」（「見よ、女の目を」と改題）「わがまなこ」など、体感的な神秘主義を開示する随想類にも示されている（拙著『「新しい女」の到来』〔注11〕参照）。

　これらの実情を勘案すれば、事件後に漱石と馬場孤蝶との合議で平塚家に提出された「森田に結婚を申し込ませる」云々の善後策に「呆れた」と言い、「世間の有象無象と全く同じじゃないか」と吐き捨てるなど、漱石への軽侮を終生隠さなかった彼女の姿勢（『元始、女性は太陽であった』〔大月書店、一九七一〕上、二四三頁）も決してわかりにくいものではない。

このことがあってから森田との文通を再開した平塚明の手紙は、おそらくそのほとんどが森田の小説『自叙伝』にそのまま掲載される形になったのだが、そこで彼女は、「こんな悲劇を書いたものは未だ世間にはあるまい」とあえて「悲劇」の語を用いて、男の尻をたたいている。あなたは「芸術家」なのだから、世間など度外視して小説化をやり抜いてほしい、「自分のしたことは終生責任を負ふかはりには、他人から抹殺されようとする時どこまでも所有を主張する権利がある」と主張し、「私が悪いことをしたならしたで、私が責任を持ちます」との宣言にも及ぶ（『自叙伝』四）。

「手本が見附からない」女

さて、『三四郎』はもちろん面白く読める小説だし、『煤煙』『自叙伝』も「面白い感じ」はある。だが、その「面白い」という「感情を起す事実」への遡及という、漱石のいわゆる「批評的鑑賞」において見るならば、平塚明という「材料」の「解釈」において、森田も漱石も揃って撃沈したというのが実情だ。漱石の場合はまた聞きというか「解釈」の「解釈」を強行した形であるし、しかもフェリシタスという別のモデルに手を引かれていた以上、避けがたい結果ではあったのだが。

ともかく揃って「解釈」にしくじったという事態は、明という「自然」が、それこそ雲をつかむような状態のままで記号化されえず、それゆえ「認識」の網の目をこぼれてしまったことだとも言い換えられる。

あなたの目指している世界は「そりやナッシングだ。無に立脚する外《ほか》はない」と『煤煙』の男に言われたヒロインは「無かも知れませぬ。無に堪へようと思ひます」と「短刀の如くに言ひ切」る（十九）。この文句が森田の想像力によるとは考えにくく、ほぼ同じ言葉が明の口をついて出たと見ておそらく間違いない。そして「解釈」に苦しんであたふたする森田を目にしてひそかに楽しむ類の、漱石なら「無意識《アンコンシアス》な偽善家《ヒポクリット》」と解釈してしまうであろう言動（△）の乱射があったことは、どうも疑いようがない。それらを綜合して彼女の性格《キャラクター》（○）を構成しようとしても、森田はそのことに交際中も事件後も挫折し続けた。

その挫折が部分的に師匠の『草枕』に絡んでいることも、奇しき因縁と称すべきか。交際中、森田はこの「生まれつき遊戯気分の勝つた女」が、やはり禅をする那美さんの、「そんなに可愛いなら、仏様の前で一緒に寝ませう」と若い僧を翻弄するあたりを真似ているのではないかとも考えた（『漱石先生と私』下、二七〜八頁）。

事件後、『煤煙』を構想するにあたっては、この『草枕』やダンヌンツィオ『死の勝利』をはじめとして、ドストエフスキー『罪と罰』、「その頃先生が読んで面白いと云つてゐられた」ズーダーマンの『猫橋』、さらにはイプセンの戯曲のいくつかに平塚明に似た女性像を求めたけれども、「何うしてもさういふ手本が見附からなかつた」、「いづれも型が違つてゐた」という（同、五二～三頁）。

その明は、自分は「芸術家」だ、「あなたを殺してからあとの自分を——自分の心理のうごきを、見きわめなければならない」と吹いていた森田の「作家的執念（？）をそれなりに評価していた」（らいてう前掲書、二六一頁）。だから『煤煙』にも期待するところがあり、事件後もむしろ積極的に長い手紙を書いたし、面会にもやぶさかでなかったが、数次にわたる懇談の折には、こんな経緯もあった。

「あなたが禅の影響で、あんな女になったとは僕は思えない、そうは思いたくない」「あなたにもドストエフスキーのようなテンカンの発作による精神の障害があるのではないか」「どうもあなたを見ているとモノマニアのようだ」などと「解釈」をたたみかけられ、

彼女はこう答えたという。

公案に全力集中している時の意識状態はまさにモノマニアでもあろう、なかなかよく観察しているなとは思いながら、口先では「モノマニアじゃありませんよ、エロマニアでしょう」などと、いたずらっ気をだしていいました。すると先生はにわかに態度をかえ、「本当か？ それが本当ならあなたは超人だ。あなたのこれまでやったことは超人的だ」といい、「あなたのためならどんなことでもできる、あなたの行くところならどこへでも僕はいく」とわたくしの手をつかんでせきこむようないい方をするかと思うと、つぎの瞬間には、また、「なぜ坐禅なんかするんです。したんです」と今度は咎めるような、怒っているようないい方をします。　（『元始、女性は太陽であった』上、二五七頁）

「エロトマニヤック」と「婆子焼庵」

「本能のような深い魂の要求になぜという理屈はない、女子大卒業前後のあの精神的な悩み、見神への強い願望、それから死線を超えた見性への精進、そのころの自分を思った瞬間、急霰《きゅうさん》のように涙がはらはらとこぼれてき」たというのだが、この滂沱《ぼうだ》たる「涙」に森田はまた自分好みの「解釈」を貼り付けてしまうのだ。森田の『自叙伝』はこの経緯をこう書きあらわすことになる。

女は犇《ひし》と私の腕《かひな》を掴んだ。

「そして私一人にそれを明かして呉れたのか――いや〳〵、最少《もすこ》し判然《はっきり》云つて下さい。貴方は自分でマニヤックだと云ふのか、あのエロトマニヤックだと――ね色情狂だと云ふのか。」

何とも名状の出来ぬ、押し殺したやうな声が聞こえた。それと共に、夏の薄い洋袴《ズボン》を通して、ぼたぼたと煮えるやうな涙の膝に滲むを覚えた。（六）

同一の経緯を物語ったこの二つのテクストの齟齬《そご》は、「いたずらっ気」から出てしまった軽口で相手を誤解させながら、あえて訂正もしないために事態を混乱させていくというパターンが、事件前の平塚明にあったことを強く示唆している。「私が悪いことをしたならしたで、私が責任を持ちます」と自ら認めるその「悪いこと」の一つがここにある、との糾弾も可能だろうが、それについて仮にも「責任を持つ」形になったのは事件後のことであって、事件以前に訂正や謝罪があった形跡は見られない。

『煤煙』連載も終わった夏、偶然再会した折に話し込んだ際にも「先生の誤解をとくために、性欲と禅のことなどもはじめて真面目に話した」と明は自伝に書いている。その過程で「例の『婆子焼庵《ばすしょうあん》』という、性欲問題ととりくんだ有名な公案の話も」したという（らいてう前掲書、二七三頁）。これは高い段階に置かれる「難透」として知られる公案で、明自身にすでに与えられていたかどうかは疑問だが、ともかくその説明の経緯を『自叙伝』はこんなふうに語ることになる。

「得意らしい笑ひを口の辺りへ漂はせて居た女」が「急に真顔に成つて」いわく、

「禅の方でも、これは秘密に成つて居て、滅多に他人《ひと》に云つちや不可《いけな》いんですが――大《だい》分《ぶん》進んだ所に、婆焼庵〔ママ〕と云ふ公案がある。〔中略〕其回答を用意して入室した時、老師の前で何も彼も脱《と》つて見せなければ成らない。」

嘘だ！　何を云ふのかと思ひながら、其中から私は堪らないやうな、可厭《いや》な心持がした。

（九）

新聞初出にあった「何も彼も脱つて見せなければならない」は単行本では削除されて長いダッシュ（――）が代入されたが、これはさすがに、なんらかの問題を起こしたことによるのではないか。禅関係からクレームがついたことも考えられるし、ともかく『自叙伝』連載打ち切りから「朝日文芸欄」廃止へという朝日新聞社内の動きに一つの力を加えたことは間違いなさそうだ。

それはよいとしても、なお驚かれるのは、三十年近くを経た『漱石先生と私』で森田が語っているその続きである。そこでは、裸になるだけでは済まず「よく解らなかつたが、結局貞操を奪はれたことになるような話」だったというのである（下、八五頁）。明はそうは言わなかったのだとしても、そのように誤解されかねないとわかっていて放置したであろうことは、どうも疑いようがない。そういう場合の彼女がしばしば「いたずらっ気」に駆り立てられていたことは、右記の自伝でも認めるとおりなのだから。

現実は「無」、言語も「無」

森田が陥っていた事態を、テリー・イーグルトンなら「解釈の危機」と呼ぶだろう。オセローの「性的な嫉妬」もその一種と見るイーグルトンは、妻の不貞について「目で確認できる証拠〔ocular proof〕」を求めるというオセローの素朴な「事実」信仰は、「認識それ自体がテクストであり、そもそも解釈されることがなければ、それは何事をも意味しない」ことを理解していないことにもとづくという。

> 現実〔reality〕そのもの、ありのままの事のありようは、だから、確定的なものになるためには意味が与えられなければならないところの、一種の空白である。世界のまさに核心にはこの意味での「無」〔a "nothing"〕があり、経験全体に浸潤して充満する不在があるのであって、それは言語による補填という恩恵を受けないかぎり消滅しない。しかしながら、問題は、言語それ自体もまた、イアゴーの暗示的な作り話のごとく、現実に大きな穴を開けて、事実としては存在しないもの〔what is not in fact there〕を存在するかのように信じこませるところの、一種の「無」でありうるということだ。
>
> （Terry Eagleton, William Shakespeare, 1986, Basil Blackwell, p.66）

森田米松の目の前を浮遊した平塚明という「現実」もまた、気づかれはしても記号として意味づけられ「解釈」される以前に消滅や変身を繰り返す「無」としての存在であり、かつ「解釈」ができたと思いこんだ場合も、その解釈が拠って立つところの「言語」自体がまた、イアゴーによる数々の〝suggestion〟がほとんどパロディのような完璧さで示すように、ある種の「無」でしかない。そのような「無」が、明の場合には、禅界最大級のキーワードとしての「無」と絡み合うことで、森田の混乱に増幅の一途をたどらせたように見える。

　ところで、「無意識《アンコンシャス》」の語に哲学・心理学的概念としての箔《はく》をつけた人物はジグムント・フロイトだが、漱石蔵書にフロイトはないものの、その存在に心をとめた痕跡はある。世紀転換期に大きな影響力をもった心理学者としてフロイトと双璧のようにもいわれ、相互の親交もあったウィリアム・ジェイムズの大著『宗教的経験の諸相』（*The Varieties of Religious Experience*, 1902）のあるページで、フロイトの名が挙げられた部分に下線を引いているのだ（拙著『漱石先生の暗示』〔名古屋大学出版会、二〇〇九〕七〇頁に写真掲載）。

　それ以上のことはわからないのだが、漱石没後にフロイト『夢判断』（一九〇〇年）などを読んだ寺田寅彦は、かつて高浜虚子との協働で「俳体詩」を創案するほどの入れ込みようだった漱石独自の俳諧観に、フロイトの「無意識」理論との通底を見いだしている。つまり複数人で「句」をつなげていく連歌の世界では、非言語的な「潜在的思想の網」が「暗示」として他者（次の句を詠む人）の「無意識」を刺激していくのだと（「連句雑俎」

一九三一年、『寺田寅彦全集』第十二巻、四五頁)。

いたずらと罰

「自然は存外まとまらぬものである」云々の漱石の覚書を第五章に見たが、平塚明という「自然」もまた、森田の「認識」と「解釈」をすり抜ける「無」的「現実」として浮遊した。そして、そのすり抜けは、意図的になされた形跡を見るにつけ、不自然なもののようにも映じてくる。ところで、「不自然」の対義語はもちろん「自然」だろうが、その「自然」の対義語はという話になると、これが多少難儀である。とりあえず「自然」を英語の〝nature〟と同義に捉えておくと、それは文学技法においては「材料」に相当し、この「材料」を料理する手際が、漱石の意識では「技巧《アート》」であった。

「自然／材料」と「技巧《アート》」との対置はシェイクスピアの時代にはすでに常套的だったらしく、『冬物語』第四幕第三場にそれを見いだした漱石は「Art ト Nature」という簡単な書き込みを入れている。シチリア王女ながらボヘミアに身を隠している若いパーディタが縞《しま》石竹《せきちく》の花について「大自然の神の偉大なわざに人工のわざ〔art〕が加わったものと聞いております」と否定的なことを述べたのに対して、ボヘミア王ポリクシニーズがこう諭す。

> だが、その人工のわざそのものも自然によって作り出され、おかげで自然はよりよくなる。〔中略〕自然を改良する――というよりも――自然を変える人工のわざ、そのわざそのものが自然なのだ。

「Art ト Nature」はこれに反応しての書き込みである。ことほどさように、「Art ト Nature」の間の線引きは難しいが、これを言い換えれば「自然」と「不自然」の線引きも困難だということで、つまるところ、観察者の主観にゆだねられるほかはない。「自然の児《じ》にならうか、又意志の人にならうか」と『それから』の代助は迷うけれど（十四の一）、問題は、この意味でははじめから「自然の児」だったかのごとき平塚明のふるまいが、森田の目には同時に不自然とも映じたところにある。

この不自然の一因としては、禅門での公案提示とそれへの見解《けんげ》のやり取りを原型とする、いわゆる禅問答の態度が彼女にしみついていたことが考えられる。そしてそれは、非言語的な「潜在的思想の網」の働きに期待する姿勢において、漱石の芸術的出発点にあった俳諧連歌の世界と通じ合いもする、という皮肉なめぐり合わせもあった次第だ。

明の不自然なふるまいに「いたずらっ気」が貼り付いていたことはすでに見たとおりだし、大柄で茫洋たる森田の人品がそれを呼び込んだという見方もできる。三十年を経てみれば「彼女の云つてゐることが終始禅に関聯したもの」だったことを森田はもはや疑わず、にもかかわらず明が「それと云はないで、たゞ謎のやうなことばかり並べ」たことへの怒りを隠していない（『漱石先生と私』下、二四〜五頁）。

このような「いたずらっ気」をどの程度に許容するかは、もちろん人によるし、場合にもよる。大きく出れば、その時空間をおおう「時代思潮」としての「集合的F」にも依存する。この許容度を師匠の漱石個人について見れば、それはそう高い方であったようには思われない。『草枕』の五か月前に出た『坊っちゃん』の語り手は、こんな啖呵を切っていた。

おれなんぞは、いくら、いたづらをしたつて潔白なものだ。嘘を吐《つ》いて罰を逃げる位なら、始めからいたづらなんかやるもんか。いたづらと罰はつきもんだ。罰があるからいたづらも心持ちよく出来る。いたづら丈で罰は御免蒙るなんて下劣な根性がどこの国に流行《はや》ると思つてるんだ。　（四）

このいさぎよさは漱石自身の道徳観をほぼ忠実に映している。夏目金之助少年が周囲の友人たちも目を見張るほど武士的な気風にあふれ、嘘や不正を憎むことにおいて甚だしかったことは、前掲拙著『夏目漱石』〔注4〕に詳述したところだ。『こころ』の先生がそれに殉ずるのだと書く「明治の精神」（下　五十五）の具体的内容は明瞭でないものの、漱石らの世代がたたき込まれてきた、むしろ明治以前からの道徳観がその一部をなすことは間違いないだろう。

『こころ』最終回の「貴方にも私の自殺する訳が明らかに呑み込めないかも知れませんが、もし左右《さう》だとすると、それは時勢の推移から来る人間の相違だから仕方がありません」（下　五十六）という諦観にも、この気風が後進世代にはもはや共有されていない、という「集合的F」の推移を慨嘆する思いがひそまされていたのかもしれない。

自分の世界での悪いことなんだから……

『文学論』の用語で言えば、それは推移していく「集合的F」の差異の問題だが、異なる文化間での空間的な差異・懸隔《けんかく》をめぐっては、『『オセロ』評釈』にも、いくどか論及がある。たとえばデズデモーナとエミリアの関係については、「孔子流の教育を受けた、日本の姫御前」と「歌舞伎芝居にはよく出て来さう」な腰元との「例へば八《や》重《え》垣《がき》姫《ひめ》と濡衣《ぬれぎぬ》といつたやうな」コンビを思わせ、「この点でShakespeareがuniversal〔普遍的〕と言はれるのも無理はない」と説くのだが、その一方で、こういった研究指導にも及ぶ。

Shakespeareの作品を悉く読んで、中に出て来る性格を幾つかのcategory〔範疇〕に分けて、この部分は日本人には丸で分からないがこの部分は日本人によく当て嵌まってよく分かるといつた風に、細かに研究して行つたら面白いだらうと思ふ。外国のものは、風俗習慣が違ふ所から、日本人にはどうも呑み込めない所が多い。（第四幕第三場）

このコメントがなされたのは、大詰め近く、ヴェニスから来た貴族ロドヴィーコーにオセロー夫妻が歓迎の挨拶をし、やがて将軍が妻に「先にやすんでいなさい、私もすぐ戻る。侍女はさがらせておくように」と告げて退場し、あとに妻とその侍女が残された場面においてである。「どういうことでしょう？　さっきより優しくおなりのようだけど」とデズデモーナはかえって心を揺らす。「侍女はさがらせておくように」というオセローの命令にはエミリアも不審を感じ、そもそもあなたはオセローに「お会いにならなければよかった」という危ない発言も飛び出す。

新妻はこれを否定はしながら、「私がお前より先に死んだら、ね、あのシーツで私を包んでちょうだい」と言ってから、「柳の歌」を歌いだす。気が変になった恋人に捨てられてしまった亡母の小間使いがいつも歌っていたという、男の心変わりを嘆く歌である。歌い終わると、「さあ、もうさがって、おやすみなさい」といったんは命じながら、「ねえ、どう思う、本当かしら、エミリア――女の中にはひどいことをして夫を騙す人がいるそうだけど」とまた話を始める。「この世界全部くれると言われたら、お前もする？」自分は「月の光にかけて」しないけれども、と。

この問いかけにエミリアは「私だってしませんよ、月の光のなかじゃ、するなら闇夜のほうがいい」と答えるが、彼女の言葉たちは「する」「しない」が「準対置」されながら後者へ揺れていくという、まさに仮対法的な動きを見せている。では「お前、するの？」と突っ込まれると、「私なら絶対すると思います」という本音が出てくる。

エミリア　だって、浮気をしただけで夫を帝王にしてやれるんですよ、誰だってするんじゃありません？　私なら煉獄に落とすと言われてもやりますね。
デズデモーナ　ひどい、私はそんな悪いことしようとも思わない、この世界全部をもらっても！
エミリア　いやだ、悪いことっていうのはこの世界での悪いことなんですよ。せっせと汗流してこの世界を手に入れたら、もうこっちのもの、自分の世界での悪いことなんだから、さっさと自分でいいことにしてしまえばいい。
デズデモーナ　そんな女はいないと思う。
エミリア　いますとも、何ダースも、いえ、それどころか、遊んで手に入れたこの世界がびっしり埋まるくらい。

（第四幕第三場）

「自分の世界での悪いこと」なら「自分でいいことにしてしまえる」というこの思念は、十八世紀のシェイクスピア全集編纂者で聖職者でもあったウィリアム・ウォーバトンが、カルヴァン主義——個人の内部はすべて神に知られ運命も予定されているとする——への機知に富んだ「神学的風刺《サタイア》」として大真面目に評価したものである（*Coleridge's Shakespearean Criticism*, p.48）。真面目に受け取るにせよ、一種の戯言《ざれごと》と見なすにせよ、

「悪」をめぐるこの想念は、「conception の大きな人」で「自ら Iago 位になれる人」という漱石のシェイクスピア評価の一環に加えられてもよさそうに見える。ところが、『「オセロ」評釈』での漱石のコメントは、以下のような素気ないものだった。

不義をすることは世の中にゐても罪だ。併しその悪人の住む世の中が自分のものになれば、悪はなくなるわけだ。——言葉の上の logic〔論理〕で、別に意味はない。おもしろくない。

倫理的に生まれた男

「言葉の上の logic」が無意味で「おもしろくない」のなら、第一章で着目した「成程趣味」を含め、『文学論』第四編第四章「滑稽的聯想」で論説された手法のほとんどは「おもしろくない」のであって、『文学論』で一章を割く必要もないという話になりかねない。それゆえ、この「おもしろくない」には、文学上の「技巧《アート》」を離れて道義の問題に焦点を移した漱石を読むべきなのだろう。たとえば「余には Iago の如きことは出来ない。良心の為に出来ないのではなく、intellectually に出来ない」というシェイクスピア讃を第四章に見たけれども、それならもし「intellectually に出来る」能力があった場合にはやるのか、という問題に置き換えてみてもよい。

デズデモーナはそれをやらないと言い、漱石自身も彼女のその部分に共鳴しているのだ。つまり「良心の為に」出来てもやらないと。「悪人の住む世の中」がすべて「自分のものにな」っても、「悪」を「自分でいいことにしてしまえる」ということにはならない。『こころ』の先生は若い「私」に、わが「悲劇」の「血潮」を残らず浴びせかける気になったのは「あなたは真面目だから」こそだと告げていた（下 二）。先生の背後の漱石は、そのほとんど生来的な部分での真面目さ――あるいは社会規範への違反としての「悪」への抵抗感――において、同世代の日本人のなかにあっても、強固な人の部類に属したように思われる。

「私は倫理的に生まれた男です。又倫理的に育てられた男です」と『こころ』の先生は「私」に告げる（下 二）。その「倫理」の骨子を言ってみろと言われるなら、『虞美人草』の連載途中に小宮豊隆に予告した結末の「セオリー」、すなわち甲野さんの、例の日記を参照してもよい。いわく「運命」は「巫山戯《ふざけ》たるものが急に襟を正すから偉大なのである。襟を正して道義の必要を今更の如く感ずるから偉大なのである」、いわく「道義の実践は他人に尤も便宜にして、自己に尤も不利益である。人々《にんく》力を茲《ここ》に致すとき、一般の幸福を促がして、社会を真正の文明に導くが故に悲劇は偉大である」云々（十九）。

このように考える「明治の」、またはそれ以前からの「精神」と、もはやそこから解き放たれたか、「道義」そのものを懐疑し、これを挑発さえしかねない平塚明や森田ら新しい世代との齟齬・軋轢。「維新の志士のやうな精神」でやってみたいと宣言して以降の漱石の「文学」にバネを与えた要因の一つに、この軋《きし》みもあったのかもしれない。

第九章　因縁和合の層々塁々——ズーダーマンの女、禅する女

「天才」ズーダーマンの手際

「偽善的な女《ヒポクリティカル・ウーマン》」（「断片47A」）として構想された『虞美人草』の藤尾がいささか骨ばっていたのに対して、その後継と目される『三四郎』の美禰子は、それなりに肉付きのある女性に育っていた。この成長に糧を与えた女性像として、一方に平塚明という生身の女性、というかそのまた聞き的「解釈」があったことを見てきたが、他方には、漱石がその造型について「生涯に一度かゝる性格を得ば遺憾なし」とまで讃えたズーダーマン『過去』のフェリシタスがいた。前章で垣間見た書き込みの全容を知れば、漱石のこのやや意外とも見えるズーダーマン評価が、これまで概観してきたシェイクスピア悲劇の読みに重なるものであったことも見えてくる。

その書き込みの先行部分は、「文学雑話」で口にされた「層々累々の書き方」なる手法がどのように構成されているかを精細に語り出している。

事件が層々累々として続出する所既に凡手にあらず。scene〔場面〕及び situation〔状況〕も亦之に従つて陸離として変化す。一章既に一章の要点を具し各自の情趣を具ふ（厳刻に云へば情趣皆強烈なるが為め感興を惹く事深きと共に幾分か作為の痕を留む）。而して此累々たるものが相互に関連し援護して全篇を構成して中心なる趣向の大発展を促がし来《きた》る。同時に篇中の性格は境に応じ景に触れて変化し抽開※14し相寄り相待つて集散離合して全精神の面目を根底の深奥なる極所より発揮し来る。観察の精密なる、解剖の綿密なる、活躍面の多様なる複雑なる、しかも錯綜のうちに整然として一糸を乱さずして全体を瞭然たらしむる。驚嘆の外《ほか》なし。大作なり、又傑作なり
豊富なる想像と豊富なる理性を具する事かくの如きは羨むべし。万事に貧弱なる吾等は之を手本とすべし

シェイクスピアにさえ捧げた形跡のない、これは破格の讃辞である。「万事に貧弱なる吾等は之を手本とすべし」という場合の「吾等」とは、自身を含めた日本の小説家全般を指すに違いなく、この書き込みの時点（『虞美人草』『坑夫』への関連が認められないことからすると、『三四郎』着手前か）以降の作家漱石にシェイクスピア以外の「手本」があ

※14　「抽開」は諸橋轍次『大漢和辞典』（大修館、一九五七）にもインターネット上の漢字検索サイト『漢典』にも記載のない熟語で、漱石の造語か。「抽」の原義は「穴から手でひきぬく」ことだから、「篇中の性格」が「境」や「景」という外的刺激によって穴を穿たれ、その開口部から変容を生じていくといった様態を言い表したものと解される。

ったとすれば、まず考えなくてはならないのはこの「天才」ズーダーマンなのだ。

「一章既に一章の要点を具し各自の情趣を具」え、「而して此累々たるものが相互に関連し援護して」、「同時に篇中の性格は境に応じ景に触れて変化し抽開し相寄り相待つて集散離合して」いくという進展は、「推移趣味」の一つの理想的形態であるに違いない。そのような各「章」、各「性格」が「全篇を構成して中心なる趣向の大発展を促がし」「全精神の面目を根底の深奥なる極所より発揮し来る」のであれば、それは『オセロー』を称讃しての要言――「事件の綜合と人格上の発展が非常にうまく配合されて自然と悲劇に運び去る手際」――をより精緻に言い換えたものと読んでかまわないだろう。

強化し速度化する「推移趣味」

「層々累々の書き方」とは、だから、たんに「章」や「場」を重ねていく「推移趣味」の言い換えとして言われたものではない。「文学雑話」での言い方を用いれば、各「章」、各「場」の情景や人物を「低徊的に味はせる」十分な「エキステンシヨン」（空間的拡大）を置きながら、そこに発生する事件を因果的に発展させる「直線」（時間的拡大）とそれとを「合併したもの」。要は、「低徊趣味と推移趣味の一致したもの」ということになる。

実際、『草枕』で〝空間・絵画的〟な「低徊趣味」の側に大きく振れた漱石は、次の『虞美人草』ではそれと〝時間・因果的〟な「推移趣味」との一致・綜合を目指した。かと思えば、実験的小説『坑夫』でまた異色の「低徊」へと揺り戻し、さらにその次の『三四郎』で再び両「趣味」の綜合を試みたといえるが、因果的推移の仕掛け、つまりプロットは、いかにも演劇的な『虞美人草』からよほど小説らしいものへと変容した。「低徊趣味」と「推移趣味」とをどのように織り交ぜて一致・綜合させるかの基本的な「手際」は『三四郎』でほぼ確定し、〝漱石らしい小説〟の定型がほぼ固まった感がある。『草枕』にふんだんにあった俳諧的なユーモアは「低徊趣味」の肝として初期漱石の持ち味をなしていたのだが、『三四郎』『それから』『門』と徐々に低減していき、『門』の坦々たる、笑いには乏しい進行ぶりがそのまま『彼岸過迄』『行人』、そして『こころ』へと流れ込む。

　したがって、『こころ』もまた「低徊趣味」と「推移趣味」との綜合で読ませていく小説に違いないのだが、「上」「中」と「下」とではその綜合の仕組み、つまりは「結構」がおよそ異なっている。すでにふれたとおり、「下」への予告編的性格をもつ「上」「中」の「推移趣味」は、まだ語られていない先生の「悲劇」との因果関係を推進力として進む。

そして、それを受けた「下」は、その内部での因果的「推移趣味」が非常に錯綜したものへと練り上げられて、最高度のスリルと凄味に読者を巻き込むものに仕上がっている。

　この高度化の要因として一人称の語りがまず挙げられるだろう。嫉妬するオセローの苦悩を描くなら「Othello 自身が中心になればよい」という自説（第五章参照）を実地に移したものとも言えそうだが、この手法は、実は『彼岸過迄』の「須永の話」ですでにそれなりの成果を挙げており（「須永の話」は一九一四年、一九四九年の二度にわたり、『彼岸過迄』から切り離しての単行本化が行われた）、かつその次の『行人』に不満が残ったことの一因に、「中心になる」べき一郎にそれをさせなかったことがあるという内省が漱石自身にあったとしても不思議ではない。この見方からすれば、後半での「悲劇」の一人称語りに向けて「上」「中」の序曲を盛り上げていくという『こころ』の「結構」は、これらの総括に立った漱石の、満を持して繰り出した切り札であったようにも見える。

　ともかくその結果、『こころ（下）』は、男二人で女一人を争う三角関係という構図において『虞美人草』とまったく同じながら、一人称語りで「推移趣味」を速度化し、「低徊」は切り詰めるタイプの「層々累々の書き方」によって、『虞美人草』とはまるで趣の異なる悲劇的小説を築き上げることに成功している。すなわち漱石自身による英独二文豪への讃辞を借りて要言するなら「事件の綜合と人格上の発展が非常にうまく配合されて自然と悲劇に運び去る」、「篇中の性格は境に応じ景に触れて変化し抽開し相寄り相待って集散離合して全精神の面目を根底の深奥なる極所より発揮し来る」小説としてである。

苦痛という「F＋f」に釘付け

その『こころ（下）』の「結構」に下敷きを提供したシェイクスピア劇を求めるなら、『オセロー』を挙げるしかない。漱石の長編にこの悲劇が底流することは、意図的にせよそうでないにせよ、実は『三四郎』以来、一貫している。『三四郎』『それから』『門』のいわゆる前期三部作と、『彼岸過迄』『行人』『こころ』の三作とでの大きな違いは、前者の主人公（三四郎、代助、宗助）が『オセロー』でキャシオーが取る位置に設定されるのに対して、後者の主人公（須永、一郎、先生）がオセロー将軍その人の立場に立たされることである。

その『オセロー』は、爽快な読後感を残さないとしても「自然と悲劇に運び去る手際がある」傑作で、かつ「悲劇」とは、第五章で言及した『文学論』の解析によれば、「苦痛の発展」に観客・読者を「釘付けに」するものであった。そうであれば、自然な「悲劇」

進行に向けて「事件の綜合」と「人格上の発展」を配合する「手際」にとって不可欠なのは、主人公の「苦痛の発展」をリアルなものとして観客・読者に感受させられるだけの「技巧《アート》」にほかならない。

ところで、文学上の「苦痛」は、読者の脳裏に焦点化される「F」に付随する「f」としての感覚であり、それは、リチャード三世やフォールスタッフにおいて見てきたとおり、「自己関係の抽出」という「除去法」によってひとごと化されながらも（第一章、第四章参照）、いくぶんか共有されずにはいない「つらさ」――たとえばオセローの涙が「自分につらき涙」と言われる場合（第五章参照）の――である。であれば、悲劇における「苦痛の発展」は、読者が共有するこの種のつらい「f」を拡大・深化させる方向へと「F」が推移していくことによって実現されなくてはならない。そしてこの推移を「リアル」に――「自己関係の抽出」によるひとごと感をゼロに近くしつつ――経験させることこそが成功の秘訣となってくる。悲劇が「推移趣味」主体の進行形態を取るのは、この意味からも自然の理である。

とするなら、この「F＋f」の推移はどのようにして行われるのか。それは「暗示」(suggestion）による、というのが『ノート』『文学論』を通じて一貫する漱石の持論なのだ。『文学論』第五編第二章「意識推移の原則」は主として「集合意識」を想定しての議論となっているが、個々人の意識もこれと並行的であるはずで、「日常の場合に於ける日常人も亦不断に暗示を受けて、其意識を変化しつゝ」あることが力説されている。では、その変化はどう発生するのかという「FのF′に推移するの状」を考える場合、「推移する」という因縁の縁をなす動因として想定されるのが「暗示」なのである。

暗示がFをF^1に、F^1をF^2に推移させる

『文学論』の文体を難渋《なんじゅう》と敬遠される向きには、『ノート』を覗いてもらった方がかえってわかりやすい場合もある。「開化ハ suggestion ナリ」「suggestion ヲ与フル様ニスルガ開化ノ目的ナリ」といった漱石哲学の核心的警句を多く含む、最も興味深い冊子の一つに「〔Ⅱ - 1〕開化・文明」があるが、そこでは、開化を進展させる「cause〔原因〕」には「reflection〔省察〕」と「stimuli〔刺激〕」の二種があるとされる。前者が「subjective〔主観的〕」であるのに対して後者は「objective〔客観的〕」で、ここにいう「刺激」とは従来受容されてきた規範、習慣、信仰等に矛盾する「new data〔新しい所与〕」にほかならない。そして「suggestion」はそのような「刺激」の到来、接触を待って初めて発生する

というのである。

而シテ suggestion ヲ生ズ　FヲF^{1}ニ変化ス．此F、F^{1}、F^{2}ガ開化ナリ（subjective side）此F、F^{1}、F^{2}……ノ realisation〔現実化〕ガ objective side of civilisation〔開化の客観的側面〕ナリ

ここで念頭にあるのは集合意識としての「F」（集合的F）、すなわち第三章で見た三種の「F」のうち「（三）社会進化の一時期に於けるF」であり、それは「一代を横に貫いて個人と個人との共有にか丶る思潮を綜合して其尤も強烈なる焦点を捕へて」縮写したもの（『文学論』第五編前文）とされている。

そうであれば、この「集合的F」はそれを共有する個々人の「F」――「（一）一刻の意識に於けるF」――と内容を同じくするはずだろう。すなわち「new data」による「suggestion」によって「FヲF^{1}ニ変化」させ、また次の「暗示」を受けることで「F^{1}」が「F^{2}」に、さらに「F^{3}」が「F^{4}」に……という推移の現実化という「集合的F」の実相――開化の客観的側面――は、個々人の「F」においても同じことが言えるのでなくては、

筋が通らないのである。ただそれは普通「開化」とは呼ばれないというだけの話で。

「因縁和合」が暗示を生む

　ところで、「苦痛の発展」に読者を釘付けにするのが「悲劇」だと『文学論』では論じられていたが、それはあくまで骨子を言ったもので、「発展」するのは、実際には「苦痛」ばかりではない。喜劇的なものを含め多種多様な「F＋f」が出没し推移するけれども、それらすべてを統括していく主要な「F」に伴う「f」（感じ／感情）が「苦痛」に満ちている、というのがより正確な表現だ。そしてそれらの推移はすべて「FヲF^1ニ変化ス．此F、F^1、F^2」の継起として説明される。まさにその「FヲF^1ニ変化」させる力となるのが「new data」による「suggestion」だというのが漱石の発見であり、『文学論』を評して文学理論の「後代における発展の伏線」とボーダッシュが表現したところのオリジナルな先駆性の核をなす部分なのである。

　ところで、ボーダッシュが並べていた後代の文学理論のうち、「フォルマリズム」「構造主義」「ポストコロニアリズム」との重なり合いにはすでにふれてきたが、残る二つの理論についても、それらの先取りを思わせる知見を『文学論』と『ノート』に見いだすことができる。
そもそも「F＋f」という『文学論』の核心をなす公式そのものが、読者の認知する「焦点的印象」と「それに附着する感情」のセットとして着想されているという起点において、「読者受容理論」的であり、かつ「認知科学」的でもある。本書で集中的に論じてきた「成程趣味」にせよ「仮対法」にせよ、「成程」と膝を打ったり、恐怖しながら笑ったりという読者の認知の様態を問題にするところから着想され、公式化された理論なのである。

第五編「集合的F」は第四編までとは様相を変えて、文学の領域に限定されない広範な文明論を展開しており、「集合的F」が「暗示」を動因として推移していく様態に多方面から考察を加えてゆくのだが、その議論の随所に、現代の「認知科学」の片鱗を窺わせるような明察が光る。たとえば第五章「原則の応用（三）」の「意識の推移」とその「反動」を論じる部分で、それまで芸術を軽蔑していた科学者グラント・アレンがある日忽然として芸術の素晴らしさに目覚めた、という話を引用してのこのコメント。

仏家の言を籍《か》りて云へば Allen は実に芸術鑑賞の因を具せるもの、但鑑賞の縁を欠きたるが爲に荏苒《じんぜん》として歳月を勃窣《ぼっそつ》理窟の中に費やせるに過ぎず。一旦聚雨に逢ふて因縁和合、俄然として漆桶《しっつう》を抜く。世間往々にして此現象を見るは何人も否定せざる所ならん。

「漆桶を抜く」は、『碧巌録』の「打破漆桶底」（一則・評定）を淵源とするらしい、「悟り＝見性」を言い表す禅語の一つである。アレンの忽然たるこの新しい認知について、これを「見性」と呼ぶことの是非はさておくとして、漱石がこの認知を「因縁和合」の結果と見立てたことの背景に、仏教学的な素養を見ないわけにいかない。「一九〇七年にはまだそれを表す用語のなかった思想や概念」が表現されたことにボーダッシュは驚嘆したけれども、その一部は、実は漢字文化圏にはつとに用意されていたという見方も可能なのだ。「因縁」という仏教起源の「conception〔構想〕」に依拠する漱石の認識論は、実は『ノート』にもいくどか顔を出すもので、たとえば「〔Ⅲ-6〕文芸ノ Psychology」のなかで、偉大な発明・発見は「chance〔偶然、僥倖〕ニ均シキ one sensation〔一感覚〕ヨリ来ル」という、イタリアの犯罪学者チェーザレ・ロンブローゾの所説に反応して、漱石はこう書いていた。

余云フ　林檎ト lamp ナケレバ Newton, Galileo ノ発明ナキカ？　曰ク是縁ナリ　因ハ彼等ノ沈潜シタル結果ナリ instantaneous〔即時〕ニ analogy and similarity〔類比と類似〕ノ relation〔関係〕ヲ *suggest* スル concrete phenomena〔具体的現象〕ニ遇フノミ（マツチ）ヲ堅キ表面ニスルガ如シ　靴ノ底ニテモ火ハツクナリ。之ヲ *suggest* スル近因ハ林檎ヤ lamp ニ限ラヌナリ　フト思ヒ付クハ chance ニ似テ実ハ其人ニ夫丈《それだけ》ノ修養アルナリ。

だからこれを「inspiration〔霊感〕」だの何だのと神秘化すべきではない。外から来た「縁」に反応するだけの「因」がその人の内部に備わっていたという「因縁」の、あくまで合理的な結果としての「suggestion〔暗示〕」の成立にすぎないのだ。そして漱石のこの科学的知見は、ズーダーマンを「天才」とまで讃えた『過去』の「結構」への評価――「累々たるものが相互に関連し援護して」「境に応じ景に触れて変化し抽開し相寄り相待つて集散離合して全精神の面目を根底の深奥なる極所より発揮し来る」云々――と構造的に同一である。つまり漱石は文学作品も「因縁和合」で読み、また書いていたのだ。

釈宗演「父母未生以前本来面目」を説く

文学であれ科学であれ、思考の記述に「因・縁・果」の連鎖を読みこむ、漱石のこの炯《けい》眼《がん》を養った教養の一部に、二十代後半での参禅以降の禅との縁が食いこんでいたことを疑う理由はない。「書物を読むのは極《ごく》悪う御座います。有体《ありてい》に云ふと、読書程修業の妨《さまたげ》になるものは無い様です」と『門』の宣道は警告したが（十八の六）、漱石蔵書には実は禅書も少なくない。もはや「修業」はしない身として読みこんだものか、批判的・冷笑的な書き込みも散見するのだが、神秘主義を拒む姿勢はそこにも顕著である。あるいはそこにこそ、釈宗演・釈宗活という同系統の禅門をたたきながら、漱石に認められなかった「見性」を認可された平塚明との間の、乗り越えがたい壁を見るべきなのかもしれない。

自伝『元始、女性は太陽であった』によれば、まず宗活に見性を認められた明は、その後、坂本真浄、中原全忠（「南天棒《なんてんぼう》」の異名で知られる）の認可をも受けており、宗活から出された初関（最初の公案）は、宗演が漱石に与えたものと同じ「父母未生以前本来面目」であった。漱石の見解《けんげ》がたちまち斥《しりぞ》けられたことは『門』にも描かれているとおりだが、その見解の内容を彼は『ノート』に明かしている。

十年前円覚ニ上リ宗演禅師ニ謁ス　禅師余ヲシテ父母未省〔生〕以前本来面目ヲ見セシム。次日入室見解ヲ呈シテ曰ク物ヲ離レテ心ナク心ヲ離レテ物ナシ他ニ云フベキコトアルヲ見ズト　禅師冷然トシテ曰クソハ理ノ上ニテ云フコトナリ。理ヲ以テ推ス天下ノ学者皆カク云ヒ得ン　更ニ茲ノ電光底ノ物ヲ拈出シ来レト。

（〔Ⅰ‐9〕超脱生死）

「物」（客観）を離れて「心」（主観）はない。両者は葉の両面のように一体だ。であれば、主観の存在しない「父母未生以前」という時空において、いかにして「面目」という客体を出して見せることができようか――。漱石はおおよそこれに近い哲学を述べたものと推量される。

これをにべもなく斥けた宗演は、二十余年後には漱石葬儀に呼ばれて「喝！」を呼号するめぐりあわせとなったが、その二年後に著した大著『禅海一瀾《ぜんかいいちらん》講話』（岩波文庫、二〇一八）のなかで「父母未生以前本来面目」の考え方について、このように述べている。

善を思わず、悪を思わず。世の中の道徳上の言葉で言えば、凡《およ》そ相対界は善と悪とに分れる。我々が朝から晩まで考えて居ることは、善に非ざれば悪か、悪に非ざれば善。昔の人はどういう所を標準にして算《かぞ》へたか知らぬが、朝起きてから晩に寝るまでの間に二億四千ばかりの正邪の念が色々に転変すると、そういうことが書物に書いてある。そんな数はどうでも宜いが、初めのものがなくなれば、後のものが頭を擡《もた》げてくる。混々として水の流れて尽きざるが如く、飄々として雲の空中に浮《うか》ぶが如く、今、此処に現われまた忽ち滅するという有り様で前念滅し、後念生じ、念々不断相続しておる。〔中略〕大体この二つの相手方を離れると得々の知恵も才覚も及ばぬ絶対界に這入るのである。我々が一則の公案を念じて、無念無想の境涯に這入れというのも、善悪を超絶しなければ迚《とて》も入り込むことは出来ぬ。正《まさ》に斯くの如き時、「如何なるか汝が父母未生已前、本来の面目」。

（第三十五講）

「見性」は、この「絶対界」を体得し、体得した証拠を老師の前で開示することにより認可されることになっている。それならば、「絶対界」は「善悪を超絶」したその「彼岸」にあるという認識もよしとされるのか。

中原全忠への参禅で三度目の「見性」を認められた平塚明は、この老師から「大船に乗ったから、もう大丈夫だな」と言われて心中で反抗していたと書いている。「それは違います、すでに大船に乗っていたからこそやったのです、あんな大馬鹿がなんのためらいも、おそれも、打算もなしにやれたのです」(『元始、女性は太陽であった(上)』二七〇～一頁)。「あんな大馬鹿」をやった時、「心中で反抗していた」時、そしてそれを回想する自伝口述時のいずれの時点においても、「大船」は彼女にとって「善悪の彼岸」にあったように読める。

ウィリアム・ジェイムズとの離合

明がどう考えたかはさておき、「絶対界」を説く宗演の論法には、「文芸の哲学的基礎」で「還元的感化」の実態を解明する前段として、「意識の持続」そのものから説き始めた漱石の口吻《こうふん》に通じるものがある。芸術的経験としての「還元的感化」は宗演の言う「絶対界」そのものではないとしても、両概念に重なり合う部分があることは否定できない。というより、右記の「絶対界」の解説においては、むしろ宗演の口吻の方にこそ、当代の心理学から学んだ形跡を見るべきではないのか。その気配は、「自己本来の面目を完うする」云々の議論で「セルフ・リアリゼーション」とか「自我実現説」とかを唱える心理学者として、「ゼームス教授」の名を挙げていることからも察知される(第三十講)。

そして、この「ゼームス教授」ことウィリアム・ジェイムズとの縁なら、漱石の方がよほど深かったと言わなくてはならない。奇しくも禅体験を描いた『門』の連載終了後に胃潰瘍による「修善寺の大患」に襲われ、その後の病床から起筆した小品集『思ひ出す事など』（一九〇一）で、平塚明も到達していたはずの「絶対界」経験に、漱石は言及していくことになる。その発端は、病床でジェイムズの訃報に接したことを機縁に、読みかけだった『多元的宇宙』（*A Pluralistic Universe*, 1909）を読了して「自分の平生文学上に抱いてゐる意見と、教授の哲学に就いて主張する所の考とが、親しい気脈を通じて彼此《ひし》相倚《よ》る様な心持がしたのを愉快に思つた」（三）ことであり、『思ひ出す事など』の漱石は、その話題は離れて十数回を経てから、再びジェイムズの懐《ふところ》に入ろうとする。

「夢と幽霊」「霊妙なる心力」「死後の生」などと題した本を読んできたし、「地球其物に意識の存すべき所以を説いた」フェヒナーも読んだ。これら神秘家たちの記録を集大成したのがジェイムズの前著『宗教的経験の諸相』（*The Varieties of Religious Experience*, 1902）であり、書名に言及はないものの、「個人全体の意識も亦より大いなる意識の中《うち》に含まれながら、しかも其存在を自覚せずに、孤立する如くに考へてゐるのだらうとは彼〔ジェイムズ〕が此類推より下し来るスピリチズムに都合よき仮定である」云々がこの本の内容と合致することは明白である（十七）。

実際、宗演が読んだのも、一九一四年に『宗教的經驗の種々』として邦訳の出ていたこの本が主なのだろうが、漱石が多くを学んだのはむしろその前著『心理学原理』（*The Principles of Psychology*, 1901）の方である。本書でたびたび言及してきた「意識の持続／Fの推移」の考え方が、『心理学原理』の主調をなす「意識の流れ」理論を取り込んだものであることは『文学論』でも認めているとおりだし、異色の小説『坑夫』にしても、その実験性は「意識の流れ」を徹底的に追う形での「彽徊趣味」というところにあって、その背後にジェイムズ理論の影を認めないわけにはいかない。

　そのジェイムズ信奉者漱石が『宗教的経験の諸相』を無視できなかったことは当然で、所蔵本には突っ込んだ書き込みも多く見られるし、『ノート』への引用も数多いのだが、その議論に全面的に同意することはなかった。「より大いなる意識」による個人意識の包含・合一云々の話になると、「どうして幽霊となれやう。どうして自分より大きな意識と冥合出来やう。臆病にして且つ迷信強き余は、たゞ此不可思議を他人《ひと》に待つばかりである」と袂《たもと》を分かつ形である。

　さて、平塚明を含む禅門の見性者たちが見、釈宗演が「善悪」を離れた「絶対界」として説いたところの「父母未生以前本来面目」とは、これすなわちジェイムズがカテゴリー化した「より大いなる意識」の一形態であると見てよいのだろうか。

どのような見解によって見性が認可されたかは、森田の『自叙伝』で「婆子焼庵」について言われていたとおり「秘密に成つてゐて」、らいてう自伝もこの掟にしたがうところだから、門外から口をはさむことは遠慮しておく。ただ『宗教的経験の諸相』への漱石の書き込みに「Bucke ノ cosmic consciousness 禅者ノ口吻ト似ルコト甚シ」[※15]などともあることからすれば、少なくとも漱石の見当では、回答は「然り」であり、かつそれは漱石自身には訪れない経験であった。「彼は門を通る人ではなかつた。又門を通らないで済む人でもなかつた」（『門』二十一の二）という宗助の総括は、その「門」が「超自然」的経験を要求するものであるかぎり、漱石その人にも該当すると考えるほかない。

※15　このBuckeという人や「cosmic consciousness」の概念、また『心理学原理』全般については、最新の研究書である岩下弘史『ふわふわする漱石　その哲学的基礎とウィリアム・ジェイムズ』（東京大学出版会、二〇二一）を参照されたい。

第十章　「F＋f」の悲劇的リズム——『こころ（下）』の解剖

ファーガソンの「悲劇的リズム」理論

禅門のかたわらをやり過ごした私たちは、ここへ来てようやく『こころ』の門をたたくことになる。シェイクスピアを筆頭に、それぞれに傑出していた作家・学者・行動者たちから飛来した「縁」を持ち前の「因」と「和合」しつつ、漱石が独自に構築してきた「技巧《アート》」。その仕組みが「事実」として明るみに出てきた今、『こころ』は、「事実」にもとづかない空想的・印象批評的な衣装をすべてはがれ、いわば裸体に近い姿で立ち現れることだろう。

さて、「事件の綜合と人格上の発展が非常にうまく配合されて自然と悲劇に運び去る」という漱石の『オセロー』の「手際」への評価は、「篇中の性格は境に応じ景に触れて変化し抽開し相寄り相待つて集散離合して全精神の面目を根底の深奥なる極所より発揮し来る」というズーダーマン称讃と内容的にほぼ同一である。「人格上の発展」がこちらでは「変化し抽開し」云々の語句で敷衍《ふえん》され、それらが「相寄り相待つて集散離合」することによる「事件の綜合」が、悲劇の深奥にある「全精神の面目」を「発揮し来る」というのである。

これを第六章に導入した〝△⃝理論〟の用語で言い換えるなら、性格《キャラクター》（○）[1]が何らかの刺激によって穴を穿たれ、その開口部から新しい情念またはそれを表現する言葉（$\triangle^{1}$）が飛び出して他者の△と接触することで新しい認識が生じ、それがまた次の情念・言葉（$\triangle^{2}$）を生む。この連鎖により「$\bigcirc^{1}$」は「$\bigcirc^{2}$」「$\bigcirc^{3}$」へと変容していき、同様に変容したりしなかったりする他者の人格（○）と「相寄り相待つて集散離合して」いくことこそ「自然と悲劇に運び去る手際」なのだ。

悲劇の解析としてこれに近いことを述べた学者としては、一九四〇年代の哲学者ケネス・バークとその影響下にあった演出家にして演劇学者、フランシス・ファーガソンを挙げることができる。ソポクレスの悲劇『オイディプス王』の主人公の行動が〝purpose〟（目的）／〝passion〟（受難・情念）／〝perception〟（認識）という三項の連鎖・反復から成っていると見たファーガソンは、これを「悲劇的リズム」(tragic rhythm)と呼んだ（*The Idea of a Theater*, 1949, Princeton Univ. Press, 1972, p.18)。

『オイディプス王』の主人公、テーバイ王オイディプスは、前王ライオスの殺害者を知ることを「目的」に預言者ティレーシアスを召還するが、この男とのやりとりに伴う「受難・情念」に衝《つ》き動かされた結果、殺害者がほかならぬ自分かもしれないという新しい「認識」に至る。この「認識」から次の「目的」が浮上し、それに向けて行動する「情念」

が、今度はそのライオスその人が自身の実父かもしれないという次の「認識」を生んでいく。苦痛を伴わずにいない「認識」継起のこのリズムこそ『オイディプス王』の核心をなす、というのがファーガソンの解析である。

『こころ（下）』で「推移趣味」がその強度と速度を急増させる印象も、この「悲劇的リズム」と同様の「手際」が意識的に導入されたことによるように思われる。ファーガソンがそこにリズムを聴いた「目的」／「受難・情念」／「認識」の三項連鎖を、漱石の多用した、すでに私たちにもなじみの深い用語に変換してみよう。その場合、このリズムは《「動機」／「△」（情念またはそれを表現する言葉）／「認識」》の三項でより適切に表示されることになるだろう。

物語の出発点をなす初発の「動機」にも、それが出てくる基盤となる「認識」が潜在しているわけで、その時点での心理を「$F^{1}+f^{1}$」とするなら、動機にもとづいた発言やそれに伴う情念の結果として得られた新しい認識・心理が「$F^{2}+f^{2}$」で、さらにそこから発生する動機と言動から出てくるさらに新しい認識は「$F^{3}+f^{3}$」だということになる。『こころ（下）』の先生におけるこのリズムは、細かく見ていけば何十重《え》にも及ぶ、それこそ「層々累々」たる反復が生むものであるはずで、しかもリズミカルなこの推移は「御嬢さん」とその母や「K」という他の登場人物の「F^1+f^1」「F^2+f^2」「F^3+f^3」と「相寄り相待って集散離合」することで事態を錯綜させ、物語を発展させていくのだ。

　たとえば御嬢さんはよく笑う人だが、ある場面での彼女の笑いという「事実」――「new data」――が先生への「暗示」として働くことで、彼に新しい「認識」とそれに伴う「感じ」――「F^n+f^n」――が発生し、その「感じ」にもとづく「動機」から先生がKに対してなんらかの「情念」を伴う言動で働きかけると、そのことがまたKのうちに新しい「認識」を発生させ、さらにそれがまた次なる「動機」を生む……という具合である。この連鎖を〝◬理論〟で約言すれば、各人物の「一転、又一転」して内的な矛盾も見せる「△」（情念・言葉）の交錯により、「層々累々」と「変化し抽開し」ていく性格《キャラクター》（○）の「発展」と「綜合」が「自然と悲劇に運び去る」奔流の実態をなしている、ということになる。

「予期的パロディ」となる先生の言葉たち

　より具体的に語ってみよう。『こころ（上）』が「下」の「悲劇」の予告編のような役割を担っていることは確認済みだが、その語り手である若い「私」は、「悲劇」から十数年後の先生と御嬢さん（ここでは「奥さん」と呼ばれる）から出る「△」を数多く受け止めながら、それらの抽象的な物言いに秘密が見え隠れするようで、両人の――とりわけ先生の――「○」を捕捉しきれないことに焦慮し続ける。先生が「私」に差し向けるその種の「△」をいくつか並べておこう。

「子供は何時《いつ》迄経《た》つたつて出来つこないよ」〔中略〕「天罰だからさ」　（八）

「然し気を付けないと不可《いけ》ない。恋は罪悪なんだから。私の所では満足が得られない代りに危険もないが、――君、黒い髪で縛られた時の心持を知つてゐますか」　（十三）

「焦慮《ぢら》せるのが悪いと思つて、説明しやうとすると、其説明が又あなたを焦慮せるやうな結果になる。〔中略〕とにかく恋は罪悪ですよ、よござんすか、さうして神聖なものですよ」　（同）

「私は私自身さへ信用してゐないのです。つまり自分で自分が信用出来ないから、人も信用できないやうになつてゐるのです。自分を呪ふより外に仕方がないのです」（十四）

「いや考へたんぢやない。遣《や》つたんです。遣つた後で驚ろいたんです。さうして非常に怖くなつたんです」（同）

「よくころりと死ぬ人があるぢやありませんか。自然に。それからあつと思ふ間に死ぬ人もあるでせう。不自然な暴力で」（中略）「自殺する人はみんな不自然な暴力を使ふんでせう」（二十四）

「然し悪い人間といふ一種の人間が世の中にあると君は思つてゐるんですか。そんな鋳型に入れたやうな悪人は世の中にある筈がありませんよ。平生はみんな善人なんです、少なくともみんな普通の人間なんです。それが、いざといふ間際に、急に悪人に変るんだから恐ろしいのです」（二十八）

『こころ（上）』のこれらの言葉たち（△）のいずれもが、第七章で『虞美人草』について指摘しておいた「予期的（ないし予弁的）パロディ」の役割をいくぶんか担っていることは明白だろう。

いざといふ間際に、急に悪人に変る

ともあれ、右に並べた先生の「△」に含まれる謎が「下」ですべて解かれていく次第で、その解答を算入してまとめれば、《先生は自他への強い不信と自己処罰欲求を抱えており、その原因としてはKの自殺の経緯、またさらにその遠因として叔父による遺産横領などの経験があった》といったところになる。最後の引用文の「善人」が「急に悪人に変る」云々は、直接的にはこの叔父を意識して言ったものだと先生自ら語る（下 八）。が、その背後には、そんな叔父を憎み侮蔑しながら、自身も同様に「急に悪人に変」ってしまった、ミイラ取りがミイラになったという自嘲がわだかまるようでもある。

「善人」ないし「普通の人間」が「急に悪人に変る」とは、「正直なイアゴー」と呼ばれる男が「俺は俺じゃない」と宣言して陰謀家に徹し始めるのにも似た「性格一転」にほかならないが、それはもちろん何の原因もなく発生するわけではない。「いざといふ間際」に起こる。そして、その「いざ」はいかにも多義的・変数的であって、何でも代入できてしまう怖さがある。

イアゴーの場合はその「いざ」の内容が明白でないために、コウルリッジはこれを「無動機の悪意の動機探し」（the motive-hunting of motiveless Malignity）と見て恐れ入ったし（*Lectures 1808-1919 on Literature II*, Princeton Univ.Press, 1987, p.315）、「彼の無目的性が悪党ぶりをなおのこと陰険で有害なものにしている」という現代の評者エミリー・C・バートルズの指摘もある（ヴォーン前掲書、六一頁）。いずれにしろ、直接的な引き金としては、オセローが自分でなくキャシオーを副官に任命したことなど、いくつかの「認識」が陰謀家に変身することの「動機」を構成しているにはちがいないのだが。

『こころ』（上二十八）でいわれる「いざといふ間際」の事件に、先生のKに対する仕打ちも含まれていると解釈する場合、そこにも「動機」があったことは無論である。「急に悪人に変る」引き金になった行為の「動機」は、先生という個人の《「動機」／「△」（言葉・情念）／「認識」》というリズムをもつ「F＋f」の推移が他の人物の「F＋f」と接触・交錯する結果として生成されたに違いないからである。オセローに与えられなかった語りの権利を自ら行使するかのように、先生自身が「中心となって」一人称で語りだした『こころ（下）』の「結構」は、その種の心理的な因果関係を物語の骨として露出させるかのような「手際」で組み立てられている。

Kの「切ない恋」の引き金

さらに具体的に掘り下げてみよう。自分が「急に悪人に変」った瞬間として先生が追憶しているのは、おそらく仮病でKを出し抜いて奥さんに面会し、御嬢さんへの求婚意志を告げるという行為（九十九）を彼に決めさせた情念（△）だろう。ところで、この「△」が足を置く「認識」の中核にあったのは、その前にKから打ち明けられた「切ない恋」（下 三十六）という、恋敵の「△」である。さらにさかのぼってKのこの「△」の引き金になったものを求めるなら、正月に御嬢さん母子と先生とKとで遊んだ百人一首のカルタ取りで、先生が認識したところの御嬢さんの一転を挙げるほかない。

その種の「遊戯」に疎《うと》いKが「丸で懐手をしてゐる人と同様」なのを見て、「一体百人一首の歌を知つてゐるのか」と先生が尋ねると、Kは「能《よ》く知らない」と答える。

> 私の言葉を聞いた御嬢さんは、大方Kを軽蔑するとでも取つたのでせう。それから眼に立つやうにKの加勢をし出しました。仕舞には二人が殆ど組になつて私に当るといふ有様になつて来ました。私は相手次第では喧嘩を始めたかも知れなかつたのです。幸ひにKの態度は少しも最初と変りませんでした。彼の何処にも得意らしい様子を認めなかつ

た私は、無事に其場を切り上げる事が出来ました。（下 三十五）

人によっては気づきもしないし、気づいてもじきに忘れてしまうような些事なのだが、先生は「相手次第では喧嘩を始めたかも知れな」いほど動顚《どうてん》したことを明瞭に記憶している。一方のKは表面上なんの変化もなく、かつ「彼の何処にも得意らしい様子を認めなかつた」と先生は書きとめている。この観察は、しかしながら、彼が「得意」になる可能性を認識していればこそのもので、それがないと見て安堵したことの記憶がここに記述されているものと読むべきだろう。

先生の性格《キャラクター》（〇）からして安堵しても不自然ではないところだが、ここで確認されているのは、日ごろから感情をほとんど顔に表さないという、よく知っているはずのKの性格《キャラクター》（〇）に、動顚のゆえか思い及ばなかったことによる、先生の致命的な誤認である。つまり、この出来事から、Kが先生に「切ない恋を打ち明ける」までの間、この三人の間に起こったこと、交わされた「△」は何一つ記述されていない。このことは、Kの「切ない恋」を燃え上がらせた、その最終的な点火は御嬢さんが「眼に立つやうにKの加勢をし出した」こと以外になかったことを明示するものであって、無表情な顔の下でKは「得意」

どころか、恋愛成就の可能性に胸をときめかせ始めていた可能性が高いのである。

　些事として省略も可能なこのカルタ取りの経緯を、「善悪ともに他の参考に供する積」（下 五十六）だという遺書に刻んでおく。あえて書き残すことの動機に、御嬢さんの「Kへの加勢」という「△」がもしなければKの自殺もなかったのに、という無念の意識が含まれないとは想像しにくい。含まれているとすれば、この無念さには、御嬢さん（現在の妻）を咎める類の心情が付随していたと考えるのが自然ではないだろうか。もしそれがないのなら、このカルタ取りの経緯など省略して、Kがいつの間にか勝手に恋心を募らせていたというような記述で済ませたはずだから。

　ひるがえって御嬢さんの側に寄るならば、「眼に立つやうにKの加勢をし出す」ことの動機として示唆されているのは、「一体百人一首の歌を知つてゐるのか」という先生の問いかけに反応しての、「大方Kを軽蔑するとでも取つたのでせう」という推定のみである。先生が「Kを軽蔑する」なら自分は逆にKを持ち上げ、よい心持にしたいという情念（△）を御嬢さんに見て「喧嘩を始めたかも知れない」ほど興奮したのだが、ここにも誤認があったことが、執筆時の先生には見えている。のちに判明するとおり、御嬢さんのこの行為に託されていた意味は、決してKへの愛でも誘惑でもなく、むしろ先生への働きかけだった。要は、なぜさっさと求婚してくれないの、あまりじらすと私はKさんの方へ行っちゃうわよと脅す、というずいぶん前から仕掛けていた戦略の一環にほかならない。

　御嬢さんのふるまいに含まれるこの種の戦略を、戦略として認識することにことごとく失敗することが、先生とKの「悲劇」の主要因となる。『こころ（下）』が『オセロー』から袂を分かつ、「結構」上の差異がここにもある。なにしろオセローは、すでにカヴェルの表現において見たとおり、何かを意識の外に追いやるようにして「イアゴーの暗示〔suggestion〕に飛びつく」有様だったのに対して、先生はそうやすやすと飛びつかない。その妨げになるのが、御嬢さんのふるまいにまといつく不自然さであり、先生はそれをオセローのように意識外に追いやることができないのだ。カルタ取りでのKへの加勢も、それが「眼に立つやう」なものだったとわざわざ書かれるのは、そこに不自然さへの反感があったことを示唆している。

「自然」を踏み外す御嬢さん

　ともかく先生という人は、他人の態度について、人によっては気にとめもしない類の不自然さを感知し、かつその刺激を長く記憶にとどめるという、『彼岸過迄』の須永の血を引く性格《キャラクター》（〇）として設定されている。それをほのめかす言動（△）は「上」にもたびたび振りまかれていたし、「下」に入って御嬢さんとの接触が始まってからも随所に示唆されていくが、むき出しになるのはKが同居するようになってからである。

話はだいぶ前にさかのぼるのだが、旧友Kの不遇を案じた先生が、「奥さんは止せと云」うのを押して、下宿に引き入れる（下　十八）。さらに「錆び付きかゝつた彼の血液を新らしくしやう」（二十五）という思いで、親切に接するよう自ら奥さんと御嬢さんに依願さえしたこともあって、御嬢さんとKとの距離はみるみる縮まってゆく。そんなある日、帰宅した先生が格子戸をあけると、Kの部屋から御嬢さんの声が耳に届き、かつそれがじきに静まったので変に思う。

襖を開けると、其所《そこ》に二人はちやんと坐つてゐました。Kは例の通り今帰つたかと云ひました。御嬢さんも「御帰り」と坐つた儘で挨拶しました。私には気の所為《せゐ》か其簡単な挨拶が少し硬いやうに聞こえました。何処《どこ》かで自然を踏み外《はず》してゐるやうな調子として、私の鼓膜に響いたのです。

（下　二十六）

「自然を踏み外《はず》してゐるやうな調子」とは微妙な表現で、踏み外されているその「自然」とは何なのか、その説明は先生自身にもできなかっただろうが、ともかくここでは例の不自然さの感覚が先生を襲っている。しかしながら、もしそれを咎めるなら、それは、デズデモーナについてオセローが「だがどうして自然の情を踏み外してまで」と不審がるや、イアゴーがすかさず、つまりは「気持が歪んでいるし、考え方も不自然だ」からですよと付けこむ、第四章で紹介済みの例の会話にも似て、たんに挨拶しただけの御嬢さんにはなんの落ち度もない、無体な糾弾となるだろう。

　この不当に非難がましい意識に攪乱《かくらん》されながら、先生は続いて奥さんと下女はいないのかと尋ね、二人とも外出中だという返答を御嬢さんから受けると、これまで「奥さんが御嬢さんと私だけを置き去りにして、宅《うち》を空けた例《ためし》はまだなかつた」のに、と不審の念をつのらせる。

私は何か急用でも出来たのかと御嬢さんに聞き返しました。御嬢さんはたゞ笑つてゐるのです。私は斯《こ》んな時に笑ふ女が嫌《きらひ》でした。若い女に共通な点だと云へばそれ迄かも知れませんが、御嬢さんも下らない事に能《よ》く笑ひたがる女でした。然し御嬢さんは私の顔

色を見て、すぐ不断の表情に帰りました。　（同）

ここでは、よく笑うという御嬢さんの、おそらくは持ち前の性格《キャラクター》（○）が、「下らない事に能《よ》く笑ひたがる女」は嫌いだと自認する先生の性格《キャラクター》（○）に照合されることで、「嫌」の語（△）が彼女に貼り付けられてしまったことがいささか衝撃的だ。なにしろ初対面の際に「へどもどした挨拶」をし、「御嬢さんの方でも赤い顔」をして（十一）、それからいくばくもしないうちに「殆ど信仰に近い愛を有《も》つ」（十四）に至っていた先生が、その愛の対象に「嫌」という「F＋f」を連射してみせるのだから。

しかも先生のこのような意識を知ってか知らずか、御嬢さんのこの笑いはこの後も先生を襲うのだ。

然し食事の時、又御嬢さんに向つて、同じ問を掛けたくなりました。すると御嬢さんは私の嫌な例の笑ひ方をするのです。さうして何処へ行つたか中《あ》てゝ見ろと仕舞に云ふのです。其頃の私はまだ癇癪持ちでしたから、さう不真面目に若い女から取り扱はれると腹が立ちました。所が其処に気の付くのは、同じ食卓に着いてゐるものゝうちで奥さん

> 一人だつたのです。Kは寧ろ平気でした。御嬢さんの態度になると、知つてわざと遣るのか、知らないで無邪気に遣るのか、其所の区別が一寸《ちよつと》判然しない点がありました。若い女として御嬢さんは思慮に富んだ方でしたけれども、其若い女に共通な私の嫌な所も、あると思へば思へなくもなかつたのです。さうして其嫌な所は、Kが宅《うち》へ来てから、始めて私の眼に着き出したのです。私はそれをKに対する私の嫉妬に帰して可いものか、又は私に対する御嬢さんの技巧と看做して然るべきものか、一寸判別に迷ひました。
>
> （下 三十四）

「Kに対する私の嫉妬」と「御嬢さんの技巧」とは両立不可能なものではない。この時の先生がその両方を意識したのなら、どちらもあったと言ってよいのだ。先生がこれをどちらか一方に「看做して然るべき」ものと考えるのは、彼の思考が「自然《ネイチャー》」と「技巧《アート》」の二項対立に足を取られていることを暴露している。つまり「私の嫉妬」という「自然」か「御嬢さんの笑い」という「技巧」か、原因を一つに絞らずにいられないのである。

「徒らな女性の遊戯」

しかしながら、「自然〔nature〕を変える人工のわざ〔art〕そのものが自然なのだ」と『冬物語』のポリクシニーズも教えていたとおりで（第八章参照）、両者を截然《さいぜん》と分かつことなどできはしない。すでに見たオセローとイアゴーによるデズデモーナ断罪――「自然の情を踏み外して」「そちらになびくのが自然なのに」「気持が歪んでいるし、考え方も不自然だ」（第三幕第三場）――は、第一幕でブラバンショーが娘に向けた「自然の情にそむき」「自然の掟に逆らって」という批難（第三場）を受けてのものだが、これらの「△」で引っ張り出される「自然《ネイチャー》」の実態がヴェニス社会の「文化《カルチャー》」にすぎないことは、荒木正純（「ヴェニスの中のサジタリー」、日本シェイクスピア協会編『シェイクスピアの悲劇』研究社、一九八八）も指摘するとおりなのだ。

だから先生はこんなことで苦しむ必要はなかった。「今位頭が熟してゐれば」（『それから』終盤〔十六の九〕で代助が平岡に三年前の経緯を弁明する言葉の一部）そうは考えなかったのだが、と先生はほぞを噛むような思いで語っているはずだ。ともかくこの時の先生が「判別に迷った」のは、御嬢さんの笑いを「技巧」――したがって一種の戦略――と見なすことへの抵抗が強く働いていたことを示している。見なしてしまえば、「技巧《アート》なら戦争だと考へた」須永の血を引く先生のこと、恋愛はそこで自爆的な終幕を迎えかねなかったろう。

執筆時の先生はどうかというなら、「御嬢さんの技巧」の存在にもはやなんの疑いももっていないことは、彼女の「笑い」が出てきて以来の書きぶりに明らかである。そのことは予告編的な「上　先生と私」で若い「私」の認証さえ受けていた。先生の夜間外出に際して留守番に呼ばれた「私」が奥さん（「下」での御嬢さん）と二人で話しこみ、例の「悲劇」についてそれが「何《ど》んなに先生に取つて見惨《みぢめ》なものであるかは相手の奥さんに丸で知れてゐな」い（十二）ことも明らかになっていく場面である。

やがて先生の靴音がするや、彼女は「急に今迄の凡てを忘れたやうに」立ち上がって夫を迎える。

先生は寧ろ機嫌がよかつた。然し奥さんの調子は更によかつた。今しがた奥さんの美くしい眼のうちに溜つた涙の光と、それから黒い眉毛の根に寄せられた八の字を記憶してゐた私は、其変化を異常なものとして注意深く眺めた。もしそれが詐《いつは》りでなかつたならば（実際それは詐りとは思へなかつたが）、今迄の奥さんの訴へは感傷《センチメント》を玩《もてあそ》ぶためにとくに私を相手に拵えた、徒《いたづ》らな女性の遊戯と取れない事もなかつた。尤も其時の私には奥さんをそれ程批評的に見る気は起らなかつた。（上二十）

この「私」の叙述にも、「下」に見られた先生の記述と同様の時間差、すなわち「其時の私」と執筆時の「私」との間の認識の差異が露出している。「其時の私には奥さんをそれ程批評的に見る気は起らなかつた」という付言は、何年後かは不明ながら、執筆時の「私」が現実に「批評的に見る」に至っていなければ出てこないはずのもので、この視座からすると、先生の死後、この二人が結婚かそれに近い関係に入るという一九八〇年代以降に影響力をもった解釈[※16]もむげには斥けられない。

「私」は奥さんと結婚するか

とはいえ、「私」の認識の変化は、必ずしも彼女と深い関係にならなくても、交際があれば、あるいはなかったとしても、記憶の反芻のうちに発生しうることである。初対面か

※16　斉藤恵子『漱石論集　こゝろのゆくえ』（春風社、二〇二一）第二十一章「『こゝろ』は日本でどのように読まれてきたか」には、この解釈を含む『こころ』論の歴史が詳細に記述されている。

ら「美くしい奥さんであつた」（上　四）と記述されるこのまだうら若い女性に「私」が心惹かれていても不思議はないし、「妻には何にも知らせたくない」から「秘密」を守れ（下　五十六）という遺志を伝える先生が二人の接近を予期していた可能性もゼロとは言いきれない。

しかしながら、「感傷《センチメント》を玩ぶためにとくに私を相手に拵えた、徒《いたづ》らな女性の遊戯」とも見える「技巧」を弄《ろう》するこの人をやがて「批評的に見る」ようになった「私」のことである。彼女との間に愛が生じたと仮定した場合も、深入りは避けて離れていくという成り行きもまた十分に想定しうるのだ。しかも結婚などすれば、先生に命じられた「秘密」厳守が困難になるという、奥さんには言えない別の「秘密」もまた歯止めとして働くだろう。その場合、「私」はハムレットよろしく、「他ノ duty」すなわち先生への忠誠を優先して、奥さんを「ステルノデアル」。先生がKへの忠誠を優先して奥さんから離れたように。

第十一章　『こころ』のイアゴーは誰か——御嬢さんの幸福

「宜《よ》ござんす、差し上げませう」

さて、廻りまわってようやく私たちは、序章で覗いた『こころ（下）』の、新婚二人での墓参りという「ぎよつとする」場面のあたりへ戻ってくることになる。

私は意味もなく唯《ただ》ぎよつとしました。何《ど》うしてそんな事を急に思ひ立つたのかと聞きました。妻《さい》は二人揃つて御参りをしたら、Kが嘸《さぞ》喜こぶだらうと云ふのです。私は何事も知らない妻の顔をしけじけ眺めてゐましたが、妻から何故そんな顔をするのかと問はれて始めて気が付きました。　（五十一）

ここでは、Kをめぐっての夫妻の意識の間に横たわる遥かな距離、あるいは「黒／白」の鮮烈な対照が、ほとんど喜劇的なまでに強調されている。その直前に描かれた新婚の「幸福」からの反転でもある以上、この「ぎよつと」の導入も「記憶ノ根底ニ潜ム暗流ヲ振盪」する類の「仮対法」の手際によっていたことが今では明らかだろう。

それにしても、かつて「御嬢さん」と呼ばれたこの新妻は、自身が行使した「技巧《アート》」について無意識にすぎるのではないか。前章までお付き合いいただいた読者には、そんな疑念も浮上するかもしれない。その一方で、それは事件から十数年を経て記憶をたぐる先生の彼女の「技巧」を強調する書きぶりによるのであって、御嬢さんがあっけらかんとしているのは自然なことだ、との反論もまたあるだろう。ただ、後者の場合は、先生は妻のありもしない「技巧」をでっち上げたことになり、彼の妻に対する悪意が摘発されることになりかねない。いずれにせよ、『こころ』という作品の総体をおおう、この微妙な襞《ひだ》に分け入っていくことが、最終章となる本章の目標である。

　さて、話は少しさかのぼるが、Kから「切ない恋」の告白を受けて一週間後、先生は仮病を使って大学を休み、Kの留守を狙って奥さんをつかまえて「御嬢さんを私に下さい」と求婚する。このとき先生が受けるのは、「宜《よ》ござんす、差し上げませう」という、拍子抜けするほどあっけない挨拶である。当人の承諾は？との問いには「大丈夫です。本人が不承知の所へ、私があの子を遣る筈がありませんから」と、これもあっけない即答。

　自室に戻った先生は、「事のあまりにも訳もなく進行したのを考へて、却つて変な気持ち」になる（下　四十五）。それはそうだろう、奥さんの反対を押しきってKを下宿に引き入れるという大きな失策をやらかして以来、半年以上にわたる心の暗闘はいったい何だったのか。「本人が不承知の所へ、私があの子を遣る筈がない」、その「承知」の嫁ぎ先が自分以外にないのなら、なぜ早くそれを明白に理解させてくれなかったのか――。その種の恨みがましい思いは、この時点ではまだ茫漠・混沌としていたとしても、Kに死なれることでより明瞭な形をとって先生をむしばんでいったはずである。

　事件後は「Kが何《ど》うして自殺したのだらう」という質問があらゆる人（「奥さんも御嬢さんも」含め！……）から発せられ、「私の良心は其度《たび》にちく〳〵刺されるやうに痛んだ」のだが（五十一）、結婚相手として自分を思い定めていたのなら、その意思を早く伝えてくれればKの自殺は避けられたのに、という母娘への恨みがましい気持ちも同様に先生を「ちく〳〵刺」し続けずにはいなかっただろう。

幸福の「黒い影」

　おそらくそうした痛みを抱えながら、先生は間もなく御嬢さん母子とともに現在の家へ引っ越し、その春に大学を卒業すると、半年もしないうちに御嬢さんと結婚する。三人とも「如何にも幸福らしく見え」たが、その裏で「私の幸福には黒い影が随《つ》いて」いて、先生には「此幸福が最後に私を悲しい運命に連《つ》れて行く導火線」のようにも思えてくる。

　結婚するや新妻が「二人でKの墓参りをしやう」と言いだすという例の「ぎよつとす

る」場面へ来、それからこれもすでに序章で見た、Ｋの墓という同一物を目にしての二人の意識の「黒／白」の差に「運命の冷罵」を感じるというくだりに入る。そしてこのことが、「上　先生と私」で先生自ら振りまいた「私はあなたに話す事の出来ないある理由があつて、他《ひと》と一所にあすこへ墓参りには行きたくないのです。自分の妻さへまだ伴《つ》れて行つた事がないのです」（上　六）という謎への回答とされる次第だ。

　ここで「自ら振りまいた」という言い方をしたのは、「あなたに話す事の出来ないある理由」があるということ自体は言及せずに済むことであるにもかかわらず、先生はあえてこれを相手に知らせることで謎を膨らましているからである。これは、森田草平の報告する平塚明の態度を漱石が評した言葉を借りて、「思はせ振り」（『漱石先生と私』下、四六頁）と呼びうる態度だ。なぜそんな「思はせ振り」をするのかを探索する読者は、「その墓参りに妻を伴わない」という先生の決意にすでにほの見えている妻との距離について、いずれはすべてを明かしてもよい、あるいは明かしたいという秘められた情念（△）に突き当たることになるだろう。

　つまりこのくだりは、「妻と墓参しない」ことの謎を明かして論理的な辻褄合わせをするのと同時に、「ぎよつとする」凄味を持ち込むという、二重の「技巧《アート》」に彩られた、すぐれて漱石的な一節なのだ。親友の死因について、愛する妻と真相を共有しえない現状を「運命の冷罵」として受けとめる自らの「見惨《みぢめ》」さ。「層々累々」と重ねられてきた諸「場面」の「因縁和合」の結果、今ならリアルに「活きてゐる」ものとして理解されるに違いないがゆえに開示される「恐ろしい悲劇」の一端。遺書を読む「私」に——したがって読者全般に——それを受けとめてほしい。執筆時の先生のこのような情念（△）がこの一連の場面にはにじむ。

愛妻と共有できない「運命の冷罵」

ところが他方には、「私」と読者全般とは共有したいこの「運命の冷罵」を妻とは共有したくない、という頑強な意志も先生にはある。「其悲劇の何んなに先生に取つて見惨なものであるかは相手の奥さんに丸で知れてゐなかつた」という状態が持続するのはこの意志によるのであって、「奥さんは今でもそれを知らずにゐる。先生はそれを奥さんに隠して死んだ。先生は奥さんの幸福を破壊する前に、先づ自分の生命を破壊してしまつた」という話になる（上 十二）。そして「上」でのこの予告との論理的整合性を少しも裏切らない形で、『こころ（下）』はこう閉じられる。

私は私の過去を善悪ともに他《ひと》の参考に供する積《つもり》です。然し妻《さい》だけはたった一人の例外だと承知して下さい。私は妻には何《なん》にも知らせたくないのです。妻が己《おの》れの過去に対してもつ記憶を、成るべく純白に保存して置いて遣りたいのが私の唯一の希望なのですから、私が死んだ後でも、妻が生きてゐる以上は、あなた限りに打ち明けられた私の秘密として、凡てを腹の中に仕舞つて置いて下さい。　（五十六）

その記憶を「成るべく純白に保存して置いて遣りたい」がゆえに、彼女の行為も深く関与しているところの「見惨」な悲劇の真相も知らせないままに「自分の生命を破壊して」しまう。それにより「奥さんの幸福を破壊する」ことを避けたのだという。しかしながら、実際問題として、真相を知ることで「奥さんの幸福」は「破壊」されるのだろうか。「知る」ということを含め、願望の充足は一般に人を幸福にする。奥さんの場合もそうだとすれば、先生は彼女の幸福をむしろ妨げているのではないだろうか。前章で紹介した「私」が留守居に行った晩に「私は今迄何遍あの人に、何うぞ打ち明けて下さいつて頼んで見たか分りやしません」と告げていたとおり、彼女は実のところ、真相を知りたいと表明し続けてきている。それでも先生は「悪い所」があるのは自分の方だと突っぱねるばかり。だから「涙が出て、猶の事自分の悪い所が聞きたくなるんです」と彼女は「眼の中に涙を一杯溜め」さえしていたのだ（上 十八）。

かつて「頼もしい人だつた」先生が「段々あゝなつた」（同）、「性質が段々変つて来た」のは、大学時代に「大変仲の好い友達」があって、その人が「変死し」て以来のことだ、と彼女は「私」に告げている（十九）。とすれば、先生の変化は結婚以前に端を発していたわけで、この夫婦は十年以上、秘密を間に挟んで、心理的な押し問答のような暗闘を続けてきたことになる。それを破って事実を知りたいというのが奥さんの長年の願いだったはずだから、その願いをかなえれば、彼女の「幸福」は「破壊」されるよりむしろ増進するのではないだろうか。

「純白」を求める「癇性」

この視座からすれば、「妻には知らせるな」という先生の厳命は、奥さんを思いやるもののようでいて、同時にむしろ苛酷なものでもあったということになる。このことへの先生の固執について、その理由を追い求める者には、先生の「純白」へのこだわりという、序章で言及し、また先に引いた「下」の結びにも顔を見せていた要素が、「抽開」すべき一つの開口部として見えてくるかもしれない。


先生のうちで飯を食ふと、屹度《きつと》此西洋料理店に見るやうな白いリンネルの上に、箸や茶椀が置かれた。さうしてそれが必ず洗濯したての真白なものに限られてゐた。

「カラやカフスと同じ事さ。汚れたのを用ひる位なら、一層《いつそ》始から色の着いたものを使ふが好《い》い。白ければ純白でなくつちや」　（三十二）

「先生は癇性《かんしょう》ですね」と「私」がかつて口にした際には、「本当をいふと、私は精神的に癇性なんです。それで始終苦しいんです。考へると実に馬鹿々々しい性分だ」と先生は笑つたが、その「癇性」というのが「俗にいふ神経質といふ意味か、又は倫理的に潔癖だといふ意味か、私には解ら」ず、「奥さんにも能く通じないらしかつた」（三十二）。つまり先生の「純白」嗜好は、その嗜好と強い関係をもつように示唆されるところの当人に理解されていないのだった。

「白」といえば、『オセロー』のデズデモーナが紛失してしまうハンカチの、また殺害に至る夜にベッドに敷いてくれとエミリアに頼む、初夜に用いたシーツの色でもある。が、そのハンカチには赤い苺の刺繍があったし、シーツには血の染みが残っていた可能性もある。デズデモーナがなぜそのシーツの上で覚悟の時を迎えたいのかには説明がないが、完全な「純白」ではもはやない自分をありのままに受け入れてほしい、私を「純白」でなくした男はあなた以外にないのだから、という夫への最後の訴えを託したという解釈もありうるだろう。

　ところが、シェイクスピア時代の男に一般的だったとしてコッペリア・カーンが挙げていた妻の不貞についての三「大義」――女性嫌悪（女は生来、淫蕩であるという信念）／二重基準／夫の名誉は妻の貞節次第だという父権的結婚の信念（第四章参照）――に凝り固まるオセローのこと、あくまで「潔癖」に、「癇性」に「純白」を求め、それがないとなれば「神に代わって」罰しなくてはならない。この局面での妻への姿勢において、先生はオセローににじり寄る。この接近は漱石の意識的設定ではないとしても、二作品の「結構」の近似が生んだ副産物の一つではあるだろう。

　とはいえ、もちろん先生はオセローのように妻を絞め殺したりはしない。ただ長い遺書を綴る過程であれほどたびたび「嫌」の字を貼り付けた妻であれば、殺さないまでも、K

との経緯についてすべてをぶちまけて責任を追及したくなるのが自然ではないかとも思える。にもかかわらず、その方向へ向かう形跡はまったく見られない。なぜ？

「白ければ純白でなくっちゃ」という先生の「潔癖」には、御嬢さんの笑いや嫉妬をかき立てる「技巧」的なふるまいに不自然さを感知して、それを汚点と見てしまう「癇性」が伴っていた。オセローはこの「癇性」を爆発させて妻殺しに至ってしまったが、幸いにもKの消滅とともにその種の「技巧」に刺激されることがなくなった先生には、かつてあった御嬢さんへの怒りや「嫌」の感情が頭をもたげる機会が消え、責める気持ちもやがて希薄化していったのだろうか。もしそうであれば、この沈静化とともに、彼女のあれら不自然な「技巧」も必ずしも彼女一人に責任を負わせるべきものではなく、彼女が外部から受けた力の結果としての側面が大きいことに先生がやがて思い至る、といった時間経過を想定することもできるのだが。

デズデモーナ＋イアゴー＝御嬢さん

さて、その御嬢さんは、「技巧」的ふるまいで〝suggest〟して男を動かそうとする人物である（と先生に感知された）点でデズデモーナとは異なり、むしろイアゴーの性格《キャラクター》を分有している。ところで、この女イアゴーの陰に、彼女に〝suggest〟して動かそうとする、もう一人のイアゴーが隠れていたとしたら、どうであろう。

すなわちもし先生が彼女を動かす初発的な〝suggester〟（暗示者）の存在を感知し、その方角へもアンテナを向けていったならば、責任追及の矛先もそちらに向かった可能性がある。少なくとも責任の所在は分散して曖昧化し、御嬢さんの責任を問う「癇性」も骨抜きになっていく、という「心の成行」がありえたのではないか。

そのように事が運んだとする場合、『こころ（下）』での根源的なイアゴーとして見定められる人物としては、御嬢さんの母親、そこで「奥さん」と呼ばれる人以外にありえない。本書が請け負う最後の任務はその証明だが、そのことは、「本人が不承知の所へ、私があの子を遣る筈がない」、その「承知」の嫁ぎ先が先生以外にないことが早くから見定められていたという前記の「状況」を事実と認定することで、おのずと明らかになる。

初対面で「赤い顔」をしていた御嬢さん（十一）に先生がいつか「殆ど信仰に近い愛を有《も》つ」（十四）に至ることはすでに見たが、その過程には「喜んで此下手《へた》な活花を眺めては、まづさうな琴の音に耳を傾け」たり（十一）、茶の間で三人で話したりといった交流があり、そのうちに「御嬢さん一人で、用があつて私の室《へや》へ這入つた序《ついで》に、其所《そこ》に坐つて話し込む」場合も出てきていた。そういう時、先生の心は「妙に不安に冒されて来る」。

然し相手の方は却つて平気でした。これが琴を浚《さら》ふのに声さへ碌に出せなかつたあの女かしらと疑はれる位、恥づかしがらないのです。あまり長くなるので、茶の間から母に呼ばれても、「はい」と返事をする丈で、容易に腰を上げない事さへありました。それでゐて御嬢さんは決して子供ではなかつたのです。私の眼には能《よ》くそれが解つてゐました。能く解るやうに振舞つて見せる痕迹さへ明らかでした。（十二）

「決して子供ではない」御嬢さんが先生に「能く解るやうに振舞つて」いた、その具体的な内容を先生はあえて書かないけれども、その先、奥さんが外出の際「御嬢さんと私を二人ぎり残して行く」のを避けるように見えたことを述べる部分になると、もう暴露したも同然である。

私の口からいふのは変ですが、奥さんの様子を能く観察してゐると、何だか自分の娘と私とを接近させたがつてゐるらしくも見えるのです。それでゐて、或場合には、私に対

して暗に警戒する所もあるやうなのですから、始めて斯《こ》んな場合に出会つた私は、時々心持をわるくしました。（十四）

これで自分が結婚相手として見られていると悟らないならよほど「子供」だが、それ以前の叔父との経緯などから「厭世的」（十二）かつ「人間全体を信用しない」（上 十四）ものとなっていた先生の性格《キャラクター》（○）は、奥さんのふるまいを素直に好意的なものとして受けとめることができない。そこがつまずきとなって「私は母に対して反感を抱くと共に、子に対して恋愛の度を増して行き」、三人の関係は「段々複雑になつて来る」のだ（下十四）。

母娘で打ち合わせているのか

やがて、奥さんが「何かに付けて私の国元の事情を知りたがる」ので、先生はある日一切合切を話してしまう。すると彼女は「大変感動したらしい様子を見せ」、「御嬢さんは泣き」さえする。ところで、この時から奥さんの態度に「私を自分の親戚《みより》に当る若いものか何かを取扱ふやうに待遇する」という変化が生じ、そのことが先生に新しい認識をもたらす。ある時ふと「奥さんが、叔父と同じやうな意味で御嬢さんを私に接近させやうと力《つと》めるのではないか」と考えつくのだ（十五）。

つまりかつて叔父は自分の娘を押し付けて先生の義父になってしまうことで、財産横領をなかったことにしようと試みたのだが、この叔父と同じく奥さんの狙いも、要は自分の財産なのではないかという疑惑が浮上したのである。この疑惑におおわれた先生の目には「今迄親切に見えた人が、急に狡猾な策略家として私の眼に映じて来」、さらに困ったことには、やがてそれが「奥さんと同じやうに御嬢さんも策略家ではなからうかといふ疑問」を生んでしまう。

> 二人が私の背後で打ち合せをした上、万事を遣つてゐるのだらうと思ふと、私は急に苦しくつて堪らなくなるのです。不愉快なのではありません。絶体絶命のやうな行き詰つた心持になるのです。それでゐて私は、一方に御嬢さんを固く信じて疑はなかつたのです。だから私は信念と迷ひの途中に立つて、少しも動く事が出来なくなつて仕舞ひました。私には何方《どっち》も想像であり、又何方も真実であつたのです。　（十五）

「信念」（f）と「迷ひ」（f′）の間を揺れるのではなくて、いずれもが「想像」的「真実」であるという「状況」にガッチリ捕えこまれて、金縛りにあってしまったかのような先生。この描写もまた、漱石流の仮対法的構図の手際が最高度に発揮された例の一つである。同様の金縛り「状況」にはオセローもはまりこんでいた。つまりデズデモーナが姦婦か貞女かは、彼にとってもやはり「何方《どっち》も想像であり、何方も真実であつた」のだ。

実はすでに求婚の「決心」さえしていた先生がそれを切り出すことを阻止していたのも、この金縛り状態にほかならない。まだKのことなど話題にも上らないこの段階で、先生は「思ひ切つて奥さんに御嬢さんを貰ひ受ける話をして見やうかといふ決心をした事がそれ迄に何度となくあり」ながら、ついに口に出さないままになっていた。それは断られるのが怖かったからではない、と先生はあえて筆にのせている。

もし断られたら、私の運命が何う変化するか分りませんけれども、其代り今迄とは方角の違つた場所に立つて新らしい世の中を見渡す便宜も生じて来るのですから、其位の勇気は出せば出せたのです。然し私は誘《おび》き寄せられるのが厭でした。他《ひと》の手に乗るのは何よりも業腹《ごうはら》でした。叔父に欺《だ》まされた私は、是《これ》から先何んな事があつても、人には欺ま

されまいと決心したのです。　（十六）

Kの墓を撫でる新妻の横で「運命の冷罵」を感じた時点から見返して、ここで「他の手に乗る」ことをあくまで拒否していた場合を想定してみよう。そこにどんな情景が拡がるだろうか。「悲劇」が降りかかることもなく、「運命」は先生に微笑んで、「新らしい世の中を見渡す」もう一つの清新な人生へと顔を向けさせてくれていた……？

〝一卵性母子〟

しかしながら、そうは問屋が卸さない。卸さない「運命」の決定者はもちろん作者漱石だが、彼が作中に派遣したメフィストフェレス（ゲーテ『ファウスト』で主人公に〝suggest〟する悪魔の手先）またはイアゴーは誰か？――と探索を押し進めるなら、薄闇に浮かび出る人物は「奥さん」以外にないのだ。

振り返ってみると、先生が下宿に入ったその日から生け花を置き、琴を聞かせるという御嬢さんのふるまいに奥さんが関与していないはずはないのだし、上手とは聞こえない琴の一方で「小さな声しか出さない」ことについて「叱られると全く出なくなる」のだったが（十一）、「叱る」人が奥さん以外にいるはずもない。また「私の顔を見て又笑い出し」たような場合、それをやめるのは決まって「奥さんに叱られてすぐ」のことだった（二十六）。

　してみれば、「御勉強ですか」という御嬢さんの呼びかけに応じて茶の間へ行って三人で話す慣行（十三）も奥さんの指示あるいは許可なしにはありえないことだったろうし、家族のように三人で日本橋へ買い物に行った（十六）のも実質的な主導者が奥さんだったことは明白だろう。この日本橋行きを目撃した級友に「細君は非常に美人だ」とからかわれたことを報告した先生は、「定めて迷惑だらう」と奥さんに応答される。その際、「男は斯《こ》んな風にして、女から気を引いて見られるのか」と奥さんの腹を読み、「奥さんの眼は十分私にさう思はせる丈の意味を有《も》つてゐた」と断定する（十八）。先生のアンテナは十分に精確だったのである。

　こうなると、三人の話題が御嬢さんの結婚話に進むのは自然の流れで、「奥さんは二三さういふ話のないでもないやうなことを、明らかに私に告げ」、「極《き》めやうと思へば何時《いつ》でも極められるんだからといふやうな事さへ口外」する。その横で御嬢さんは「あんまりだわとか何とか云つて笑つ」てから、日本橋で買って戸棚に重ねて収めてあった先生と彼女の反物を引き出して、膝の上に置いて眺めている。さらに奥さんが「御嬢さんを早く片付けた方が得策だらうかといふ意味」らしい鎌かけをし、先生は「なるべく緩《ゆっ》くらな方が可《い》いだらう」と答える（十八）。

　反物を出して眺めるという御嬢さんの行為まで奥さんの筋書きどおりなのかは不明ながら、どうぞこの娘との結婚を考えてくださいという母娘一体の意思表示がなされていることを、明白すぎるほどに書き表したのがこの場面である。マクベス夫妻を「一卵性夫婦」と呼んだ松岡和子（『深読みシェイクスピア』〔注9〕二九四頁）のひそみにならえば、この二人は〝一卵性母子〟だ。

　こうなれば婚約まではあと一歩。幸福の予感も漂うこの一家のそれを描いたまさにその直後の段落に、Kを導入することでの「運命」の一転。それも急転直下のそれを持ち込むところに、作家漱石の手練《だ》れ、その多くをシェイクスピアから吸収したことの推定可能な「手際」の心憎さがある。

イアゴーに suggest するイアゴー

　Kを下宿に入れたいという先生の意向に奥さんが当初「止せと云」う（十八）のは右の

経緯からすれば自然なことで、それは彼女自ら説明するとおり「そんな人を連れて来るのは私の爲に悪いから」である。ここで「何故私のために悪いかと聞くと、今度は向ふで苦笑する」(二十三)。二人のやりとりはそこで止められて、話は前へ進められてしまうのだが、執筆時の先生がそれを想起して書きとめたのは、もちろん奥さんの「苦笑」の意味がよく見えているからで、ここにもまた、「今位頭が熱してゐれば」という無念の意識が、まことにさりげなく滑り込まされている。

「私は蔭へ廻つて、奥さんと御嬢さんに、成るべくKと話をする様に頼む」が(二十五)、それ以降に連鎖していく御嬢さんのふるまいが、どこまでこの依頼に応じたもので、どこからは自発的な欲求から来るものなのかといった疑惑で先生を悩ますことは、すでに見たとおりだ。この悩みは、「容貌もKの方が女に好かれるやうに見え」「性質も私のやうにこせ〳〵してゐない所が異性には気に入るだらうと思はれた」(二十九)ことにもよっていたが、この認識もまた、過去の集積として形成された、自身の性格《キャラクター》(〇)を自ら愛しえない性向の結果と見ることができる。Kへの愛が——少なくとも結婚の意志が——御嬢さんにみじんもなかったことは、彼の死後に明白になるとおりなのだから。

ともかくそのKとの親密さが先生をやきもきさせ始め、「私の嫌な例の笑ひ方」が始まってからも、「睨めるやうな眼を御嬢さんに向け」てやめさせる（二十七）のはつねに奥さんであるし、御嬢さんが母の〝suggestion〟に従わなかった形跡は『こころ（下）』のどこにも読むことができない。

そのような実情を踏まえれば、先生とKが夏の房州旅行から帰ってきた時、御嬢さんの態度が一変して「凡て私の方を先にしてKを後廻しにする」ようになる（三十二）という露骨な変化においても、奥さんが無関係であったとはとても考えられない。つまり、Kへの接近によって先生を刺激するのはもう十分、というかやり過ぎで逆効果になりかねない気配もあるので、今後は先生を追い込むより、ダイレクトに好意を示す方がよかろうという判断にもとづくなんらかの〝suggestion〟が母から娘へ伝えられたはずなのだ。

にもかかわらず、十月になると、再びKとのからみで「私の嫌な例の笑ひ方」が始まってしまう。しかもそれは、Kと御嬢さんとを二人きりで留守宅に置くという、先生に対してはかつてしたことのない行為を奥さんがあえてしたという、すでに見た「状況」から見ても、背後に奥さんの作戦変更があったとしか考えられない。つまり、専一《せんいつ》に愛を向けるように見せても埒が明かない（先生が求婚に動かない）と見て、今一度、Kを使って嫉妬させる方策を試みることにしたのである。

これがはまった。というか、三つの若い性格《キャラクター》を「悲劇」にまで突っ走らせてしまったことは、前章で精細に跡づけたとおりである。Kの死体を奥さんに見せた先生は「済みません。私が悪かつたのです。あなたにも御嬢さんにも済まない事になりました」と謝るが、そこでも彼は「あなたにも御嬢さんにも」と二人をセットにしている。その奥さんが「蒼い顔をしながら、『不慮の出来事なら仕方がないぢやありませんか』と慰めるやうに云つて呉れる」ことの底流には、その「仕方がない」成り行きに自身の責任も関与していないとは言えないことの自覚がひそんでいるように読める。

「娘の母」一般への悪意

『こころ』を『オイディプス王』に重ねて読んだ坂口曜子は「先生がテーバイの町で最初に陥ち込んだ蛸壺は先生・静子・その母の三人から成るもの」で「それはまず静子の母の娘を餌にした先生への間断のない牽引から始まる」と書いた（『魔術としての文学　夏目漱石論』〔沖積社、一九八七〕一二五～六頁。「静子」は正しくは「静」で、先生は妻を一度だけこの名で呼ぶ〔上 三十四〕）。この解釈に一定の妥当性が認められることは、右に並べてきた例証から明らかではないだろうか。

いや、そうだとすれば、『こころ』の「結構」には、娘の幸福を願う母親の自然な心情に対しての悪意があった、ということにならないか。この疑問に対しては、『リチャード三世』への漱石の書き込みのひそみにならって、「然リ」と答えるしかないように思う。「先生」とは多少の距離を置いた作者漱石個人の、作家となる以前にでき上がっていた性格《キャラクター》（○）の一部に、この種の悪意——または妙齢の娘の母親に向ける非常な警戒心——が根づいていたことは否定しにくい、というのがその根拠の一つである。

一例を挙げるなら、円覚寺参禅に至る若き漱石の苦悩の一つに、駿河台の井上眼科で知った美女への恋愛があったといわれるが、結婚後、漱石自ら鏡子夫人に語ったところでは、「その人が見るからに気立てが優しくて、さうしてしんから深切」で、見ず知らずの老人を助けたりするので「見てゐてもホントに気持がよく」、「あの女なら貰つてもいいと、かう思ひつめて独り極めをしてゐたものと見えます」。

ところがその女《ひと》の母といふのが芸者上がりの性悪の見栄坊で、——どうしてそれがわかつたのか、そのところは私にはわかりませんが——始終お寺の尼さんなどを廻し者に使つて一挙一動をさぐらせた上で、娘をやるのはいいが、そんなに欲しいんなら、頭を下げて貰ひに来るがいいといふ風に言はせます。そこで夏目も、俺も男だ、さうのしかかつて来るのなら、此方《こっち》も意地づくで頭を下げて迄呉れとは言はぬといつた按排で、それで一ト思ひに東京がいやになつて松山へ行く気になつたのだとも言はれて居ります。いづれ何か理由があつたか、深い考へがあつたことと想像されないことはありますまい。ともかく松山へ行つてもまだその母親が執念深く廻し者をやつて、あとを追つかけさしたと自分では信じてゐたやうです。

（夏目鏡子述・松岡譲筆録『漱石の思ひ出』〔岩波書店、一九二九〕、三〜四頁）

母親の「廻し者」が松山まで派遣されているという思念には、一種の妄想を見るほかないだろう。ロンドンから帰朝して三、四日目の漱石は、火鉢の上に置かれていた五厘銭を見て、傍らの娘、筆子をいきなり打擲《ちょうちゃく》する。かつその行為について、ロンドンで乞食にやった銅貨が廻りまわって下宿の便所の窓にのっていたのと同じで「人を莫迦にした怪しからん子供だと思つて、一本参つたのだ」と弁明したという（『漱石の思ひ出』一〇三〜四頁）。「廻し者」の松山派遣もこの場合と同様で、周期的に漱石を襲った精神病的発作の一つと見られる（前掲拙著『夏目漱石』〔注4〕参照）。

ただ、このように病的な状態にある金之助と健常期の漱石とが不連続であるわけではない。七人の子やあまたの門弟らを愛しながら小説を書き進めている、沈着な時間においても、婚期の娘の母親一般に向けられたこの根拠薄弱な悪意は、個人的な痼疾《こしつ》として漱石に沈殿していたように思われる。『虞美人草』の藤尾に男選びを指南する母、あの「金剛石《ダイヤモンド》の様に」多面的に光る「謎の女」への悪意はむきだしであったし、『彼岸過迄』の千代子の母（須永の叔母）も裏で娘を操る者のように、須永の目を通して描き出されている。

千代子とその母

ところでこの須永市蔵に、「神経質に生まれた」（「須永の話」三）知識人として『こころ』の先生を予告する趣のあることはすでにふれてきたとおりだが、不自然への感度ということになると、むしろ先生以上かもしれない。叔母が彼の結婚相手の話を切り出し、その会話を傍らで聞いていた千代子がいきなり「妾《あたし》行つて上げませうか」と声を上げる。二人は互いの「眼を深く見」あうが、

叔母は千代子の方を振り向きもしなかつた。さうして、「御前の様な露骨《むきだし》のがら〳〵し

た者が、何《なん》で市さんの気に入るものかね」と云つた。僕は低い叔母の声のうちに、窘《たし》なめる様な又怖れる様な一種の響きを聞いた。千代子は唯から〳〵と面白さうに笑つた丈であつた。其時百代子《もゝよ》も傍《そば》に居た。是は姉の言葉を聞いて微笑しながら席を立つた。形式を具《そな》へない断りを云はれたと解釈した僕はしばらくして又席を立つた。

（須永の話 七）

須永のこの「解釈」が正しかったか否かは最後まで判然としないし、須永自身のまだ知らない出生の秘密を彼女が知っているという裏事情もあるのだが、ともかく背後で娘を押さえる存在として設定されていることにおいて、この叔母は藤尾の母と御嬢さんの母との中継点のような人物なのだ。

藤尾、千代子、御嬢さんがその種の母親に押さえられているのに対して、『それから』の三千代、『門』の御米、『明暗』のお延など、多少とも作者の愛を享受している感のある女たちは、母をもたないか、もしくは描かれることがない。那美さん、美禰子、直らへの懲罰が軽いものですんでいるとしたら、それは彼女らに母親の影がないことと連動しているのではないだろうか。

御母さんがお金を出して上げるから

あくまで漱石個人のものであって、決して普遍化できないこの悪意は、なぜ、いかにして彼のうちに巣食うようになったのか。明快な謎解きはもちろん不可能だが、そこに漱石自身の二人の母が影を落としていることは確実だろう。

一人は、養子として二歳から十歳までの八年間を過ごした塩原《しおはら》家のやすである。自伝的小説『道草』の主人公は、自分の思いに反することを無理に言わせようとするこの養母（御常）を「忌み嫌ふ心が我知らず常に何処かに働いてゐた」（四十二）。二十年以上を経て再会するにあたっても「御常の技巧から溢れ出る戯曲的動作を恐れた」（六十三）というほどで、「徒らな女性の遊戯」を弄する「技巧」的な女という、漱石文学に一パターンをなす性格《キャラクター》の基底にこの養母の記憶が重い腰を下ろしていたことは、まず疑えない。

もう一人はもちろん、十歳から十四歳での死別まで、四年間のみ一つ屋根の下に暮らした実母、千枝である。「父よりは賢さうに誰の目にも見えた」（『硝子戸の中』三十八）この母の、早い死別のゆえにいっそう美化されたかもしれない記憶は、「技巧」や「戯曲的動作」からは遠い自然な優しさに包まれている。

金之助少年はある日、昼寝をして、金銭横領の罪に苦しむ夢にうなされ、大声で母に助けを求めた。
母は其時微笑しながら、「心配しないでも好《い》いよ。御母《おつか》さんがいくらでもお金を出して上げるから」と云つて呉れた。私は大変嬉しかつた。それで安心してまたすや〳〵寐てしまつた。

（『硝子戸の中』三十八）

「御母さんがいくらでもお金を出して上げる」という請け合いは、嘘といえば嘘で、一種の「技巧《アート》」ではあるだろう。だが、それは「自然《ネイチャー》を変える技巧《アート》そのものが自然なのだ」というポリクシニーズの至言で見据えられている類の、まことに自然な技巧《アート》である。『こころ』連載終了から半年を経ない一九一五年一月の漱石からは、母の「技巧《アート》」を追慕する、かくも自然な文章が流れ出た。それもまた、『こころ』の「奥さん」という難物を乗り越えてこそ獲得された、「則天去私」の筆運びではなかったろうか。

それにしても、同じように二人の男の嫉妬を刺激する娘とその背後の母親を創造しながら、『虞美人草』の「謎の女」と『こころ（下）』の「奥さん」とでの凄味の違いは、なんとしたことであったか。「貰ふ料簡で貰はないと主張するのが謎の女である」（十二）というような直截な語りを受けることが一切ないために、その性格《キャラクター》全貌（○）を容易につかませないまま、「奥さん」は、時折繰りだすものの語り手には十分な認識・理解の及ばない言葉や目つき（△）によって娘を動かし、結果的に「層々累々」と事態を進展させる。彼女こそが『こころ』の「結構」上、隠れたイアゴーともいうべき役割を振られた人物であり、そこに、あるいは漱石は、『オセロー』講義で口にしたあの「白砂糖の悪人」の変則的な実現を見ていたのではなかったろうか。

　ただその「奥さん」に、『こころ』の語り手は、『虞美人草』の語り手が「謎の女」に向けたような悪意を向けることはついになく終わる。結婚後も実は、先生が酒の力で「心を盛り潰さうと力め」るようになると、「時々気拙《まづ》い事を妻に云ふやうでした」（五十三）といった形で娘への〝suggestion〟は続いていたものの、やがて彼女は死の床につく。「私は力の及ぶかぎり懇切に看護をしてやりました」、これは「ついに人間の爲でした」（五十四）と書く先生は、すでにあらゆる悪意から解放されているようでもある。「妻が己《おの》れの過去に対してもつ記憶を、成るべく純白に保存して置いて遣りたい」という「唯一の希望」を述べる先生の遺書の結語――したがって『こころ（下）』の結び――にも、同様の悪意からの解放を読むべきなのだろうか。そう読ませることで、漱石は『こころ』

において「則天去私」を実現しえたと考えていたかもしれない。だが、その一方で、人が知りたがっている真実を知らせないのも一つの悪意ではないのか、という棘《とげ》がはたして彼の喉に残らなかっただろうか。

「男は男同志」なのか

まだ消えていないこの疑問から、「序論」で提示した情景に立ち戻ってみよう。妻の提案に「ぎよつと」した「私」こと先生が、Kの墓を前にして、傍らの「新らしい妻」と「地面の下に埋められたKの新らしい白骨とを思ひ比べて、運命の冷罵」を感じるという、あの場面（下 五十一）である。

先生はその後、Kを忘れようとしても「妻が中間に立つて、Kと私を何処迄も結び付けて離さないやうにする」がゆえに、むしろ彼女を「遠ざけたが」る。「あなたは私を嫌つてゐらつしやるんでせう」と「怨言《えんげん》」を言われて、「其度《たび》に苦しみ」（五十二）、妻から逃げるようにして、一時は酒浸りともなるのだが、やがて酒は断って「Kの死因」を繰り返し考える。「仕舞にKが私のやうにたつた一人で淋《さむ》しくつて仕方がなくなつた結果、急に処決したのではなからうかと疑がひ出し」、また「慄《ぞつ》と」する（五十二）。

そんな先生に自殺の引き金を引かせるのが、明治天皇とその大喪の日に妻を道連れに「殉死」[※17]した乃木希典《まれすけ》大将という、男たちの死であったことは『こころ』の読者ならみな知っている。ところで、このような経過から気づかされるのは、『こころ』のこの結論が、男女間の「牽引力」は「忽ち反撥力に変化する」もので、だから結局「男は男同志」、女も「女同志」へと戻ってゆくのだという、第一章で「成程趣味」の例として垣間見た『明暗』の岡本の立論の証明になっているようにも見えることだ。

「立派な理窟だよ」と叔父が自讃するこの「笑談」めいた「真理」を「矢張り屁理屈よ」と斥けようとするお延の闘いは、はたして勝利するのだろうか。『明暗』が未完に終わったために、それを見届けることは永遠にできないのだが、ただ、男女は「何うしたつて一所になれつこない」というこの説法が、もしグリーンブラットのいう「予期的パロディ」と同じ役割を担う「技巧《アート》」として挿入されているのであれば、「有能な男は……」というフォールスタッフの過大な自己評価が新王によって転覆されてしまうように、最終的には否定されなくてはならないだろう。実際、読まれるかぎりでのお延の活躍は、その予感を

※17　乃木の死を「殉死」と呼ぶべきか否かには、事件当時から議論があった。詳細は拙著『乃木希典　予は諸君の子弟を殺したり』（ミネルヴァ書房、二〇〇五）参照。

濃厚に漂わせている。

この意味で、『明暗』は『こころ』の反措定的な乗り越えとして取り組まれた、もう一つの「則天去私」を目指す試みであったように見える。「男と女が引張り合ふ」こと自体は、必ず「悲劇」に終わると決まったものでもない。『吾輩は猫である』の「吾輩」はかつてこう述べていた。

御三《おさん》の険突《けんつく》を食《くら》つて気分が勝《すぐ》れん時は必ず異性の朋友の許《もと》を訪問して色々な話をする。すると、いつの間にか心が晴々して今迄の心配も苦労も何もかも忘れて生れ変つた様な気持ちになる。女性の影響といふものは実に莫大なものだ。　（二）

この「女性」は「男性」に入れ替えてよいのだし、「吾輩」の雌雄を反転ないしＬＧＢＴＱ化してもかまわない。ともかく、ここでは「性」の「莫大」な影響力が謳歌されている。『こころ』を経て『明暗』に取り組んだ漱石が温めていたのも、ここで「吾輩」が表現しているよろこび、そしてそれをはぐくむことへの希望だったのではないだろうか。

おわりに

謎のすべてが解かれ、あらゆる矛盾が整合的な枠組みに収まることを期待された読者には、まだどこか割り切れないもやもやが残っているかもしれない。ただ、世界には記号化・言語化しきれないもやもやがあるものだし、言葉にされた「物」にはたいてい矛盾した「両面」があるものだ。それらを矛盾のままに「準対置」することで「ぎよっと」させる、「仮対法」を中心とした「物凄い」手際の数々。漱石と、彼がその多くを学んだとおぼしいシェイクスピアのテクストにそれらを読みこみ、それらを成り立たせている「事実」を探知するという「批評的鑑賞」をなんとかここまで押し進められたことに、よろこびを感じている。

また、読みにくいテクストを含み、難しい問題に挑戦したこの本が、多少とも読みやすい形で読者のもとに届いているとすれば、それは幻冬舎ルネッサンス新社編集部諸兄姉による賢明なダメ出しと提案のおかげであり、これも幸福なことだった。記して謝意を表したい。

著者紹介

佐々木 英昭（ささき ひであき）

学術博士（東京大学／比較文学比較文化）。鳥取県米子市生まれ。
東京工業大学、愛知県立芸術大学、名古屋工業大学、龍谷大学の教員を経て、著述家。主な著書に『「新しい女」の到来 —平塚らいてうと漱石—』（名古屋大学出版会、日本比較文学会賞受賞）、『乃木希典 予は諸君の子弟を殺したり』、『夏目漱石 人間は電車ぢやありませんから』（以上ミネルヴァ日本評伝選）、近著に『アイラヴ漱石先生 漱石探求ガイドブック』（共著、集広舎）がある。

幻冬舎ルネッサンス新書 257

漱石《そうせき》、シェイクスピアに挑《いど》む——〝物凄《ものすご》い〟文学《ぶんがく》の手際《てぎわ》

2022年10月26日　第１刷発行

著　者　佐々木英昭
発行人　久保田貴幸

発行元　株式会社 幻冬舎メディアコンサルティング
〒151-0051 東京都渋谷区千駄ヶ谷4-9-7
電話 03-5411-6400（編集）

発売元　株式会社 幻冬舎
〒151-0051 東京都渋谷区千駄ヶ谷4-9-7
電話 03-5411-6222（営業）

ブックデザイン　田島照久
印刷・製本　中央精版印刷株式会社

検印廃止

Printed in Japan
ISBN978-4-344-94216-5 C0295
幻冬舎メディアコンサルティングＨＰ
http://www.gentosha-mc.com/